# 後宮の検屍女官3

小野はるか

角川文庫
23189

# 目次

## 主な登場人物

イラスト／夏目レモン

### 姫桃花（きとうか）

寝てばかりで出世欲や野心がないが、検屍となると覚醒する。桃李（とうり）という検屍官に変装して延明に協力している。現在は織室の女官

### 孫延明（そんえんめい）

妖艶な微笑みで女官たちを魅了する美貌の宦官。皇后派に属する。後宮の要職である掖廷令（えきていれい）

**点青**（てんせい）
青い目の中宮宦官。皇后のお気に入りで延明の元同僚

**華允**（かいん）
延明の筆記係り兼雑用係りになった野犬の仔のような少年宦官

**公孫**（こうそん）
延明の副官である中年の宦官

**才里**（さいり）
桃花の同僚の女官で友人。噂や色恋話が大好き

**紅子**（こうし）
桃花と才里の同僚の姐さん女官

**亮**（りょう）
鋭い目つきで強面の織室宦官。桃花を口うるさく注意する

**梅婕妤**（ばいしょうよ）
後宮二区に住む最高位の妃嬪で皇帝の寵妃。後宮の権力者。

**張俗華**（ちょうようか）
梅婕妤と親しい八区の高級妃嬪

**李美人**（りびじん）
亡くなった三区の妃嬪。彼女が死後産んだ「死王」の呪いに後宮中が怯えている。梅婕妤から手ひどくいじめられていた

**金剛**（こんごう）
首吊り死体として発見された宦官。掖廷獄に放火した犯人？

# 序

「――ねえ、いまなにかきこえなかった？」

ねっとりとした闇がまといつくような、蒸し暑い夜だった。夜警女官の媚娘は手提げ灯ろうを手に、やや後ろを歩くふたりに声をかけた。ひとりはまだ十代ほどの年若い女官、もうひとりは中宮から派遣された宦官だった。

「堪忍してください」と言ったのは若い女官のほうだった。「ここ、三区ですよ」

彼女はぎゅっとなにかを胸に抱くしぐさをした。おそらく『皇后の護符』だ。多くの者を死に至らしめた恐ろしい幽鬼から護ってくれる、祓除の力を有しているという。

「なにかきこえたとは、どのような？」

宦官がたずねるので、媚娘は暗闇を先導する。

「どさっというような重い音です……こっちからきこえました」

古い殿舎が多い三区は李美人の死後、女官たちの異動を終えてすっかり無人となっていた。常夜灯すら灯されないため、ことさらに闇が深い。空いたほうの手をたがいにつなぎながら、不安定に揺れる灯ろうを掲げて足早に進んだ。

ひっ、と引き攣れた悲鳴をあげたのは、一番後ろを歩いていた若い女官だった。

「だ、だれかそこに……っ！」

媚娘と宦官もふり返り、彼女が照らすそれを見て、身体を硬直させた。

地面だ。まさにいまとおり過ぎたばかりの通路、その脇に、闇にとけるようにして伏した人影があったのだ。

心臓が飛びあがるような衝撃を覚え、媚娘は知らず悲鳴をあげた。年若い女官も同様だ。ただ、宦官だけがなんとか冷静を保ち、それを凝視していた。

「……死んでる」

その言葉で、さらに張り裂けんばかりの悲鳴がのどからほとばしる。腰が砕けて、逃げることもできなかった。

側頭部を土に擦りつけるようにして死んでいたのは、老女だった。しわ深い顔を血に染め、虚ろな目をこちらに向けていた。だれだ、これは。見覚えのある顔ではなかろうか。

恐怖に震えながらも、吸いこまれるように死体を凝視する。

三区で死んでいたのは、後宮の寵妃――梅婕妤の奶婆だった。

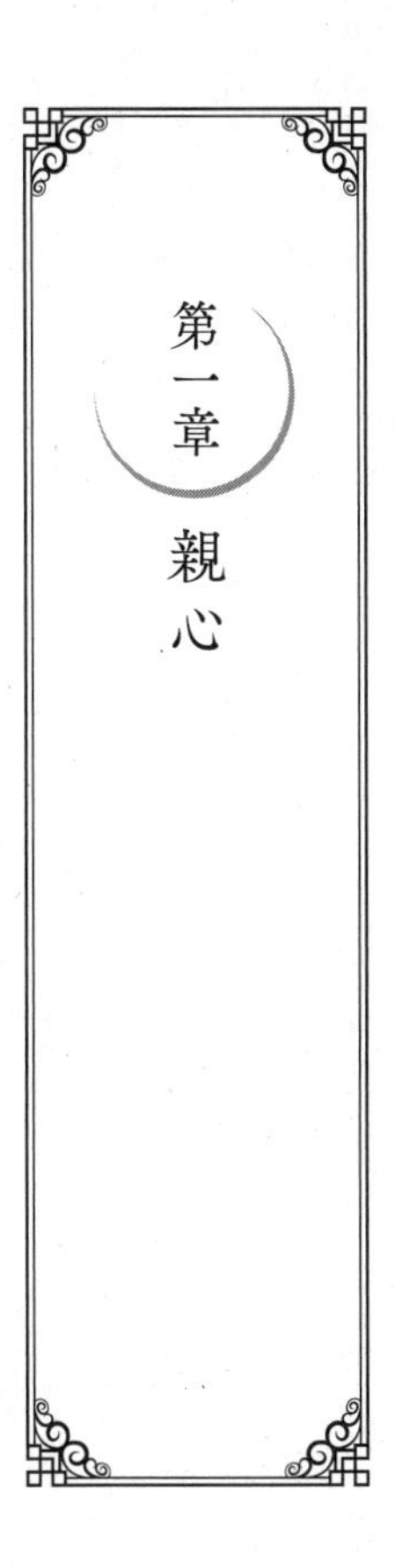

# 第一章　親心

大陸一帯を広く支配する大光帝国。

その後宮を監理する掖廷はこの日、未明を迎えても未だ煌々と灯燭がともされていた。本来であれば、不寝番以外は寝静まる時刻である。

「自分は、納得がゆきません」

怒りと悔しさをにじませたのは、中年の宦官――掖廷令である延明の副官だ。名を公孫といい、彼は拳をかすかに震わせながら、長官席のまえに立っていた。

「身投げだなど、いったいだれが信じましょうや。よしんばそうであったとして、その結論は盆にのせて運ばれてくるものではありません。掖廷をなんだと思っているのか！」

にらみつけているのは几上の冊書だ。上等な木簡がきれいに編綴され、巻子にされている。三時（六時間）ほどまえに発見された死体に関する報告書である。

死体発見から夜も明けておらず、まだ手つかずの事件であるというのに、奇妙なことに『完』の楬がかけられているのだから失笑ものだ。

内容はさらにお粗末である。発見された死体は梅婕妤の奶婆であり、三区の櫓から身を投げたことによる墜落死。自害である。——とある。大変ご丁寧なことに、彼女のこれまでの功績を鑑みて宮中自害の罪を減じ、棺を実家に帰してやるよう願う一文までが流暢に添えられていた。

　これが運ばれてきたのは、死体発見の一報から一時（二時間）ほどが経ったころのことだ。現場に掖廷官を派遣し、夜が明けてからすぐさま調べにあたれるよう準備をしていたさなかのことだった。

　運んできたのは中常侍——梅婕妤派とされる、帝の側近宦官のひとりだ。

　捜査をすべて終了させよという圧力であることはあきらかだった。

「落ちつきなさい。声を荒らげたところで事態が好転するわけではありません」

　冷静になれと言うと、公孫は焦れたように延明へと視線を向けた。

「では、掖廷令はこれからどうなさるおつもりですか。このままでは死体もいずれ運び出されてしまうでしょう」

　延明が返答するまえに、「失礼します」と、署の中堂へと駆けこむ者があった。延明の筆記係り兼雑用係りである華允だ。

　野犬の仔のような顔に、いまはすっかり汗を浮かべている。この蒸し暑いなか懸命に走ったのだろう。

「大変です延明さま！　一区の宦官まで応援に駆けつけてきました！」

「なにがなんでも、というわけですか」

延明は口端をあげた。

「現場の死守を。しかし負傷者を出すことまかりなりません。つけ入られる隙となります」

公孫に命じると、「は！」と折り目正しく礼をして中堂を辞す。

現場とは、いわずもがな死体発見現場である。

現在、梅婕妤の奶婆とみられる死体をめぐり、掖廷と梅婕妤は対立まったただ中にあった。無論、夜明けまで保存して検屍を行いたい掖廷と、調べはすべて終了したのであるから死体を回収し、清めて納棺したいと主張する梅婕妤とである。

掖廷は官吏の多くを不寝番として派遣し、いわゆる肉の壁でこれを守っているが、梅婕妤も女官らを派遣して対抗している。公孫にも言ったが、寵妃の女官に怪我でもさせようものならことであるので、こちらは非常に不利な状況だ。

公孫の背を見送った華允は、心配そうにこちらへやってきた。

「これからどうするんですか？」

「どうするもこうするも、私は特権を有しているといえども秩石六百石の宦官。あちらは秩石千石の中常侍、しかもこれは帝と寝食を共にする側近宦官で、さらに裏にいるのは中二千石の寵妃です。鼠と象ほどの格差がありますよ」

格だけの問題ではない。ただ逆らったのでは帝になにか讒言をされて、即獄行きだ。

そういう末路は痛いほどによくわかっている。

「いまできることは現場を死守することだけです。鼠では、象からの圧を押して返すことができません」

「でも、鼠は嚙みつくことができます」

「なかなかよいことを言いますね。ですが嚙みつくならば、踏み殺されぬようにしなければなりませんよ」

延明はにっこりと笑む。笑みの裏側には、怒りが静かに燃えていた。

――権力さえあれば、掖廷すら容易に支配できると考えているか。

傲慢な女め、と思う。だが、就寝時刻に帝の側近宦官を動かせている時点で、その絶大なる権力を痛感する。残念だが、太子や皇后にはできないわざだ。

あらたに側室入りをすることになった田寧寧の件があったにせよ、梅婕妤の地位はいまだ不動である。

このまま日の出を迎えてしまえば、この件はすぐさま起床した帝の耳に入り、梅婕妤の意向に添って処理されてしまうだろう。天子にとって、一老女の死など些末事だ。

自力では何ともできない現状が、ただただ悔しく、もどかしい。

「よくもまあ、つぎからつぎへと。最近やたら人が死ぬじゃないか。これもまた『死王』のしわざだってか？」

しんと静まり返った堂内に、場違いにも思える軽い声が響いた。

入ってきたのは青い目をした中宮宦官、点青だ。

やってくるなり向かい合わせて腰を下ろし、勝手に几上の冊書をひらく。だらしなく足を崩しているが、〝中宮娘娘のお気に入り〟宦官は、そんな姿勢すらもどこか様になった。

「もとより後宮とはこういったところであるようですよ。ここ数年の記録とくらべても、死者が急激に増えたというわけではないようです」

鼻で笑おうとして、やめた。わざわざ過去の記録とくらべた時点で、延明もおなじように感じていたということだ。

すこし気が抜けて、延明は疲労を癒すように目もとを揉んだ。今夜は一睡もしていない。

「どっちでもいいさ。おかげで娘娘の護符はいっそう人気を増すことだろうよ」

春に『死王』のうわさが蔓延したとき、後宮でひそかに皇后の護符を配布した。これを配ってまもなく〝幽鬼の声〟がきこえなくなったことから、強い祓除の力があると信じられ、女官の一部からいまも信奉されている状態だ。

「しかしとんでもなくしぶといですね、死王とは。まだ生きているのですか」

幽鬼がではなく、うわさが、である。

以前のような恐慌は起きていないが、心底うんざりする。

「そらそうだろ。結局なんだかんだいって、李美人殺害に関わった連中はみんな死んだ。そこへきて、ついに梅婕妤の身内ときた」

点青はそこまで言うと、「それで」と手にしていた冊書を乱雑に几に置いた。

「その梅婕妤の奶婆は、なんで死んだ？」

「いまあなたが放り投げたのが、まさにその報告書ですが？　三区の櫓から飛び降りたことによる墜落死。身投げである、と、そう書いてあったでしょう」

「ふうん。で、これはだれが書いた？」

「上ですよ」

「孫延明ともあろうものが、圧力をかけられて悶々と署にこもっているってわけだ」

「ええそうです。悶々としながら、あなたがくるのを待っていました」

延明はやわらかかつ妖しげな〝妖狐の微笑み〟を浮かべて肯定し、右手を点青に差しだした。

「それで、娘娘から連絡事項があるのでしょう。さっさとよこしなさい」

「ちっ……なんだ。ありがたみもなにもないな」

点青はしぶしぶといった顔で、懐からひとつの書を取り出した。やはり皇后からの文だ。梅婕妤に立場を脅かされている皇后が、この事態になにも動かないわけがない。

急ぎ目を通し、なるほどと笑む。

文には、

『梅婕妤の奶婆が投身した件は、夜警の不手際である。当夜の夜警は定刻どおりに行われておらず、もし、定めどおりに行われておれば投身を未然に防ぐことができたと思われる。よってこの不手際は、夜警の責任者である本宮が仔細調査を行い、二度と失態のなきよう夜警の改善に努めるものである』

とあった。もちろん、夜警の遅延などは起きておらず、定刻どおりに行われていたが、その事実はここにおいて重要ではない。

気を揉んでいる様子の華允にも伝えると、少年は小首をかしげた。

「娘娘が夜警の不手際を調査……？」

「餓鬼は素直だな。まず基本的に、道理の通ったことを覆すってのを大家はしたがらない。やらないわけじゃないが消極的だ。政敵につっこまれる隙になるからな。それでもって、娘娘が夜警の責任を取るのはまさに道理にかなったことだろ？　まずこれで大家は介入しにくくなった。これはかなり大きい」

面倒そうな顔をしつつ、点青が説明する。

「で、俺たち中宮側は夜警の不手際について調べることになったわけだが、この件には奶婆の死が深くかかわっているな。しっかりと吟味しなければならないが、中宮に検屍官はいない。よって掖廷に協力を要請せねばならないわけだ。な、掖廷令どの」

「ええ」

延明は笑みを深める。

「奶婆の死はその報告書のとおり身投げによるものですが、娘娘からの要請とあらば、よくよく検屍と調査をすることやぶさかではありません。中常侍には申しわけなく、非常に気が塞ぐ思いですが、なにせ国母の頼みとあっては断ることもできませんね」

「おまえ、悪い顔だな」

にやりとして点青が言う。あなたもですよ、と返した。

「えっとつまり、おれたちはもうふつうに仕事していいってことですか？」

「そうです。ふつうどおりとは行かないこともあるでしょうが、体裁上、奶婆の死についてあきらかにすることになんの問題もありません」

「圧力かけてまで身投げにしようとしてるんだ。かならず裏があるだろ。さっさと動くぞ。まずは検屍からか？」

いいえ、と否定しながら立ちあがる。

「まずは死体の保存を優先しましょう。娘娘の意を伝え、梅婕妤の女官どもをさがらせます」

「なら、外に羽林も連れてきてるぞ」

点青がくいっと親指で外をさす。羽林は武器を有した帝の護衛であるが、点青が言うところの羽林とは、給事羽林のことである。皇后を護衛する宦官の兵だ。刃物はもたないが、棒を有しており精悍。威嚇して女官を追い払うのにちょうどよいだろう。

「用意のよい。それとすぐ、後宮についてのある配下に情報収集の指示を」

夜明けを待たずして皇后が動いてくれたのだ。であれば、陽光を必要とする検屍よりも、いま急ぐのは女官への聞きこみだ。梅婕妤の手が回るまえに情報を集めておきたい。

「おまえはどうする？」

「副官である公孫がもどるまで、私はここにいなければなりません。この状況下でさすがに責任者不在というわけにはいきませんので」

「わかった。じゃ、またあとでな」

点青は後ろ手をひらひらとふりながら署を出て行った。

まだなにかが解決したわけではないが、ひとまず安堵して息をつく。

小間使いの童子が燭台に油を足して歩いていたので、それが終わったら寝るように伝えた。

「華允、おまえもですよ。まだ夜明けまでには時間があります。いまのうちに寝ておきなさい」

「一晩くらい寝なくても平気です」

いいから寝ろと言いかけて、やめた。主人である延明が一睡もせず起きていては、立場上簡単に眠れるものではないだろう。なにぶん苦労して育った子だ。奴隷としての生活が骨身に沁みている。

「……そうですか。ではこの不要になった報告書をバラバラにして、木簡の字を削ってしまいなさい。よい木を使っているのでもったいない。再利用しましょう」

「これ中常侍が書いたんでしょうか。きれいな字ですね」

「おまえのほうが、よほどよい字を書きます」

つい無意識に褒めると、華允がじっとこちらを見つめてくる。

「……なんですか」

「おれ、もっとはやく延明さまにひろってもらえればよかった」

ぼそりと、思わずこぼれたようなつぶやきだった。

「なにを泣きそうな顔をしているのです。これまでの人生よりも、これからのほうがよほど長いのですよ」

だから過去をふり返るな。そうつづけようとして、口をつぐんだ。

――偉そうに、どの口が言うのか。

苦い自嘲が湧く。おのれこそが、いつまでも過去に囚われているではないか。桃花になぐさめられている立場で、自分よりもつらい過去を抱えている少年にいったいなにが言えるというのか。

華允は黙って作業をはじめ、なにも言わない。延明もそれ以上はなにも言わなかった。

ただ、桃花にも華允にも、なんら恥じるところのない者でありたい。そう強く思った。

＊＊＊

「なんだか最近、曇りが多いわね」

才里は空を見あげながら眉根をよせた。夏空を、灰色の雲がどんよりと覆っている。

そうですねと答える桃花の額を汗が流れ落ちた。曇天であるというのに、まったく涼しくはない不条理さを恨みながら、汗をぬぐう。その手につけられているのは桑摘みのための爪だ。周囲にずらりと並んで茂るのは桑の木で、桃花と才里、そして紅子の三人は、朝から蚕房での桑摘みに駆り出されていた。

「日照りも困るけど、作物はだいじょうぶなのかしら。冬に飢え死にがたくさん出るのはいやだわ」

秋の収穫によって人命が左右されるのは、後宮も俗世とおなじだ。下級女官や下級宦官たちの食い扶持は容易に削られ、下限がない。なにせ飢え死んだとしても下っ端はいくらでも替えが利く。

「才里、他人事みたいに言ってるけどね、あんただってその飢え死に候補のひとりなんだよ。もう侍女じゃないんだ」

あきれたように言ったのは同僚の紅子だ。

才里は「あら」と笑って、大あくびをする桃花の肩をゆする。

「でもあたしたちには桃花のいいひとがいるじゃない。死ぬほどに飢えることはないんじゃないかしら。ねえ？」

「ねえ、とは？……それに支援がいつまであるのかなど、不確定なことこのうえないと思うのですけれども」

「ばかねえ、さっさと対食になって確定させなさいよ」

「ばかは才里もさ。支援してもらってるのはあくまでも桃花だろ、あたしらじゃない。あたしらが冬確実に食いっぱぐれないようにするってんなら、高級宦官といい仲になるか、こんどの『女官選び』で侍女にでもなってここを出て行くしかないのさ」

紅子が言う『女官選び』とは、帝のお手がついたという田寧寧の昇格に関する件だ。

いる。

近々この織室からお付きの女官となる数人を選び、住まいを後宮に移すことになって
だが紅子は一拍ほどおいてから、ばつが悪そうに口もとに手をやった。

「あ、悪い。ばかはあたしか」

「そうよもう、あたしたちはばか三姉妹。婕妤さまが後宮を出てからでないと、あたしと桃花は絶対に選ばれないんだから」

才里がおどけたような顔で頰をふくらませる。

桃花と才里は立場上、梅婕妤が君臨するあいだは配置換えが許されない。ましてや皇后派の田寧寧の女官など、不可能にもほどがある。

「はぁーあ、やっぱり身を助けるのはお金よね。黒銭さえあれば、食料だってなんとでもなるわけだし。あたしも三区のお宝探しに行ってみようかなあ」

大きなため息をつきながら、才里は笊を手に歩き出した。桃花たちもつづく。つぎはこの葉をきれいに拭き取らねばならない。

「お宝ってなんだい？」

「土に埋まった銀簪が見つかったらしいわよ。壺につまった銭だったっていうひともいるけど、もしかしたらどっちもなのかもしれないわ」

「まさか」

もとは三区の女官であった紅子が鼻で笑う。

「あら、でも根も葉もないにしてはけっこう具体的だと思わない？　それに李美人殺害に加わっていた女官の隠し財産って話よ。殺しの報酬ってわけ。事件の時も床下から掘り出されていたらしくて。ね、ありえるでしょ」

「ってことは高莉莉のやつか……あるかもねえ。それ、どのあたりでみつかったって？」

くわしく訊こうとする紅子に、うつらうつらしかけていた桃花は目を開け、首をふって見せた。

「そんなの、ただのうわさですわ」

「なんでだい」

「では紅子さんが、仮に土の中から高価な品をたまたま発見したとして、それをだれかに言いふらしたりなどいたしますか？」

「秘密にするさ。盗まれてもいやだし、まだほかにも埋まってるかもしれないってのに——あ、そうか」

「そうです。うわさになっている時点で信憑性がかなり低いのですわ。発見したのが金子に困っていない妃嬪さまならばともかくですけれども。だいたいは、みな秘匿するものです」

「たしかに。妃嬪や高官が三区をうろうろしているわけもないしねぇ」

紅子が肩を落とし、才里もがっかりしたように息を吐いた。

「うまい話なんてそうそうないってことね。ありがと、気味の悪い三区で無駄骨を折らずにすんだわ。なにせほら、また人が死んだばかりだし」

「だねぇ。身投げだったらしいけど」

ふたりが声を潜めるのは、昨夜みつかった死体の話だ。

夜警女官によって発見されたのは、一区で暮らす寵妃・梅婕妤の奶婆であった女官だという。才里と桃花には面識があった。

わずかに沈黙がおりたかと思うと、桃花の顔を才里が横からのぞきこんでくる。

「でもそれっておかしいわよね？」

「……と、わたくしも思いますけれども」

「やっぱり幽鬼の呪いが」

「それはありません」

あくびのしすぎで視界がにじむ。

「こら桃花、袖じゃなくて手巾でぬぐいなさい。――で、なんで幽鬼じゃないって言えるのよ？　あんただって変だって思うんでしょ。あのひとが、婕妤さまをのこしてさきに逝こうとするなんて、どう考えたっておかしいじゃない」

「どういうこったい？」

紅子がくわしい説明を求めたところで、三人を呼ぶ声があった。

離れたところから「さっさとこい！」とこちらに声を荒らげているのは、織室宦官の亮だ。染料でまだらになった袍を着て、背後には数人の婢女を連れている。

「なによ、あたしたち忙しいんだけど、なんか用？」

寄るなり、亮とは仲の悪い才里が喧嘩ごしにあごをあげる。亮も強面をさらにしかめ、にらみ返した。

「は？　忙しいのは俺もおなじだ。ただでさえ暑くて疲労が溜まっているときに、女官どもはおめかししてお出かけときた。気楽なことだ」

「『は？』はこっちの台詞よ。おめかしなんてしたってしょうがないじゃない、ここに主上はいらっしゃらないし、あんたたちみたいなの相手に身ぎれいにしたってしょうがないでしょ」

「黙れ。これからするんだ」

亮が婢女たちにあごで指示を出す。婢女らはそそくさと桃花たちから桑の葉を受けとり、蚕房の作業場へと入っていった。

「田氏の女官選びを急ぐそうだ。これから支度を行い、中宮へと向かわなくてはならん。まあどうせ、おまえと米粒猫は対象外だがな」

亮は最後を鼻で笑うように言ったが、才里はその態度に怒るよりも「米粒猫」のほうが気になったようだった。桃花を見て、「たしかに……」などと言っている。

「というわけで、紅子は身じたくを急げ。のこりの味噌っかすは織房で機織りだ。蚕の世話なら婢女でもできるが、機織りはそうはいかん」

「あらそ。じゃあ、ちゃっちゃと行きましょ。紅子のおめかしを手伝わなくっちゃ」

才里が亮にいちおう目礼をして歩き出す。紅子はすこし緊張の面持ちだ。

「才里が手伝ってくれるのはうれしいけど、あたしはあんまり期待してないんだよ。こんなに日焼けしちまったし、年齢もさ」

「あらなに言ってるの。若い側室の誕生よ？　そのお付き女官には小娘よりも、働き者のしっかりとした姐さん女官が選ばれるに決まってるわ。粗相があっては困るもの」

「わたくしもそう思います。選ばれたら選ばれたで苦労なさることとは思いますけれども」

「……そっか、そうだね。よし、だめでもともと、いっちょ気合い入れてこうか！」

それから才里と紅子は髪の結い方について作戦を練りながら歩く。そういった話題で桃花が役に立つことなどひとつもない。

目をこすりながらなにげなくふり返ると、まだ亮はこちらを向いて立っていた。

その腰には貝の飾りがふたつ下げられている。亡くなった友の遺骨だ。ひとつではなく、ふたつ。もともと下げていたものは華允にあげたのだから、あれは小海と懿炎の分だろう。

裏切った友人の分まで含まれていることが切なくて、ふしぎと温かくもあった。

＊＊＊

梅婕妤の奶婆であった女官は、名を曹絲葉という。

婕妤の母が嫁ぐ際に供として梅家にやってきた女で、いわゆる『媵』であった。正妻が子を生せなかった場合、代わりにその役をになうための女だ。

梅婕妤が実際にどちらの胎から生まれたのか、それは籍上の記録からはわからない。奶婆といっても乳はまたべつの家人が代わる代わるあたえていたようで、正確には養育のみをになった傅育母といったほうが正しいだろう。

だが、どちらにせよ絲葉が我が子のように婕妤を愛し育てたのは間違いない。その甲斐甲斐しく世話を焼く姿は、延明が中宮尚書であったころも宴の席などでよく見かけていた。

いま延明の目のまえで座す女官もやはり、おなじような説明をしていた。

「掌中の珠と、よくそうおっしゃっていました」

梅婕妤と親しい八区の張傛華に仕える、下級女官だ。まだ年若いということで夜警を担当しており、その際に死体の発見者となっている。名を、亞水といった。

朝、廁に立ったところを強引に宦官で取り囲み、掖廷までご足労願ったものだ。

なお、三区で押し合いへし合いとなっていた死体争奪戦だが、思いのほか時間がかかったものの、朝を迎えるまえに決着がついた。現在、掖廷の屈強な者と給事羽林によって番がされている。

亞水は身の置き所に困った様子を見せながらも、絲葉について語った。

「ほんとうに婕妤さまを大切にしてらしたのです。婕妤さまのお食事から、肌や髪一本に至るまでの手入れすべてにみずから指揮を執って、入念に気を配ってらして」

「そうですか」

「けれどもこのところ、お年のせいかあまりお身体の具合がよろしくなかったようです。目や膝の不調を訴えていたとか。そのせいで婕妤さまのお役に立てなくなったと、たいへん気が塞いでいたときいています」

「……なるほど」

穏やかな表情を浮かべながら、延明は内心でため息をついた。

――すでになにか手が回っているか。

そう感じるのは、曹絲葉に関することはこうしてなめらかに話すのに、死体発見時の状況については非常にあいまいな供述しかしていないからだ。暗かったのでよくわからない、覚えていないの一点張りだった。

――絲葉に関して、うそはついていないと思うのだが。

夜明けまえに中宮宦官らが集めてきた情報も、似たり寄ったりだ。曹絲葉は年齢による不調をきたし、そのことでかなり気鬱になっていたらしい、と。

おそらくこの娘は、話してよい情報とそうでない情報とを女主人・張傛華を通してすでに指導されているのだろう。

延明は、張傛華のみやびやかな容貌を思い浮かべた。張傛華は張が姓、傛華は上から四番目の階級をあらわす。生家の家格が高いがゆえか、浮世離れしていそうな雰囲気の妃嬪である。だが思いのほかぬかりない。

「ところで、のどは渇いていませんか？　こちらもどうぞ」

延明はやさしい面持ちで相づちを打ちながら、蜜入りの甘い飲み物を出してやった。几の上にはすでに桃の果汁に浮かべた水餅も置かれている。

背後では華允が扇で風を送っており、亞水はその厚遇にやや戸惑いを見せながらも、どこか浮かれたように頰を染めていた。

「遠慮はいりませんよ。むしろ口をつけていただけなければ無駄になります」

匙で水餅をひとすくいしてやると、震える唇で遠慮がちに口をつけた。吐息のような声で、「おいしい」と言う。

「よかった。あなたに喜んでいただけて私もうれしいです。掖廷はあなたのような花がないものですから、こうしてきていただけただけでも。……どうせ、聴取など形ばかりなのですから」

　そうでしょう？　と笑むと、年若い亞水は恥じらうように顔をうつむけながら、「はい」と答えた。ちなみに別室でもおなじように、点青（てんせい）がもうひとりの夜警女官を聴取している。

　延明はどこか切ない表情をつくり、視線を落とした。

「梅婕妤の権勢に、娘娘（ニャンニャン）も掖廷も敵（かな）うはずがない。なにをどう調べようとも、出てくるのは曹絲葉は自害であったという話だけ。あなたも、それだけを話すように命じられているのでしょう？」

「わたしは……」

「よいのです。あなたを困らせたいわけではありません。しかたのないことです。正しさなど、私のように力なき者にはどうあがいても手に入らない」

　力なく笑ってみせる。冤罪（えんざい）で宦官になったと知られる延明の言葉に、亞水は衝（つ）かれたような表情を見せた。

「わたしは、でも……」

「でも？」

「おかしいとは、思うのです……」

意を決したように言う亞水の口もとに、延明はその耳をよせた。さりげなく、柳腰を引き寄せる。

「なんと勇気のある。私にだけ、きかせてくれますか？」

「あのっ、絲葉さまが目や膝を患っていらしたのは、ほんとうなのです。目が痛い、よく見えない、と、そう嘆いているのをわたしも見ました。気が塞いでらしたのも。でもだからといって、これから新たに若い側室が立つという大事なときに、自害をするなど……」

「腑に落ちない、と」

「はい。婕妤さまをなにより案じてらしたのに、そのような無責任なことをするでしょうか？　場所を三区としたのもそうです。三区で自害すれば婕妤さまが怖がるのは明白ではありませんか。絲葉さまらしくありません。みなそう思っています」

延明にそういった視点はなかったが、たしかにと思う。

「曹絲葉と梅婕妤がなにか、仲たがいをしたというような話をきいたことは？」

吐息がふれあうほどの距離で、目をのぞきこむ。亞水は耳まで染めながら、声も出せない様子で首を横にふった。

それを確認すると、延明はさっと立ちあがる。急に消えた温もりに娘は呆けた顔をしていたが、延明はやさしく微笑んで見せた。

「さあ華允、お客さまがお帰りですよ」


「そんで、どうだった？」

聴取に使っていた室から出ると、さきに終えていた点青が待っていた。

「すでに手が回っていたようです。ただ、とくになにか重要な情報を知っていたわけではないと判断しました」

「だよな。だったら見張りがつけられていてもおかしくなかったわけだしな」

掖廷まで簡単に連れてくることができた時点で、そういうことなのだ。

「こっちの媚娘って女は梅婕妤とかかわりのない五区の女官だから、死体発見時のことしか聴けなかった。それだって口止めされてる様子で、一瞬で終わったな。これといって収穫なしだ」

「まあよいです。昨夜のことは仔細把握できていますから」

死体発見時の情報は非常に重要なものだが、すでに信用できる者から詳細が上がっている。夜警には中宮の宦官も派遣されていたからだ。彼はもと延明の配下で、いまは点青に仕えている。それを婕妤側もわかっているから、女官たちへもゆるい口止めだけで済んでいるのだろう。

「さてどうする？」

「まず整理をしましょう」

言って、掖廷令の席につく。童子がすかさず硯に墨を足した。

華允はなにをしているのかと思えば、さきほどの室からあわてたように出てくる。口をぬぐっているので、これを咎めた。

「華允、のこり物を食べましたね？」

「すみません。腹が減ってました」

「まるで私が食べさせていないかのような言い方はよしなさい。小棚に角黍があるでしょう」

「もう食いました」

子どもの食欲にあきれていると、点青が笑った。

「野生の餓鬼を拾ってひと月ほどか。だいぶ肉がついてきたじゃないか。ま、痩せても太っても俺らは家畜だがな」

「よけいなことを言ってないで、さっさと座りなさい」

だが、たしかに華允は健康的になった。爪も癒え、こけていた頰もまろやかに弧を描くようになった。栄養状態が悪いまま育ってきたのでずいぶん小柄だが、よい傾向だ。身長はきっとこれからのびるだろう。

「――では、まずは死体発見時の状況からはじめましょう」

几の脇から冊書を手にとり、からからと広げる。

「昨夜の夜警は日没より半時(一時間)後、定刻どおり行われたとのことでしたので、死体を発見したのはそれより下った時間であったとのことです」

三区をまわっていたのは、中宮宦官ひとり、そしてさきほどの年若い女官と、点青が聴取をしていた五区の女官、この三人だ。

「五区の女官が、まず不審な物音をきいた。そこで女を先頭に調べに行こうとし、倒れている絲葉を発見。最初に気がついたのは一番年若い女官で、暗闇にまぎれていたため、ほかのふたりは一度とおり過ぎてしまったようです」

「すでにこと切れていたんだな?」

「ええ。灯りで照らしても瞬きひとつせず、死者であるとすぐに理解できたと証言していますね」

宦官は女官ふたりを報せに走らせ、何者も死体に細工をすることができないよう保存を図った。その後、掖廷が死体の警戒にあたり、夜明けを待った。――途中圧力がかかったり、死体を回収されそうになったりするなどの悶着はあったが、死体とその周辺は無事である。

「発見場所は櫓のすぐそばです。近辺はこれといった建物がないことから、本来であれば夜警で回る必要のない場所でした。女官が物音に気づきさえしなければ、発見は夜が明けてから、あるいは下手をすれば数日かかってしまったかもしれません。現在、三区は無人ですから」

それでも夜警を行うのは、無人であるのをよいことにふしだらな逢瀬に使う者がいるからだ。燭を持ち出して火災でも起こされては困る。

「今回発見されなけりゃ、いずれ腐って骨になっていたかもしれないな」

「どのくらいの時間経過で骨になるかはわかりませんが、検屍がきびしい状態にはなっていたかもしれません」

いつでも筆記ができるよう控えの席で筆を手にしていた華允が、「おかしいですよ」と口を挟む。

「中常侍が持ってきた〝報告書〟には、櫓からの身投げだって書かれてましたよね。あれをつくったひとは、夜中の出来事だっていうのにすでに死体発見の状況を知ってたってことになるじゃないですか」

「そりゃ知ってたんだろ、梅婕妤は」

点青は皮肉げに口端をあげた。

死体発見後、一時も経たぬうちに中常侍がやってきたのだから、そういうことだ。

「じゃあ、梅婕妤が殺したってことですか？」

「華允、早計ですよ。殺しか否かはこれからです」

どちらにせよ、梅婕妤の関与はあきらかだ。

「——次に曹絲葉についてですが、知ってのとおり、梅婕妤の奶婆であった女官です。年齢は六十。このごろは目や足に不調があり、そのことでかなり気鬱になっていたとか」

「そろそろ天寿も意識する年齢だな。この世にのこしていく婕妤のことが心配でたまらなかったろう。だが心配で身投げするなんて本末転倒もいいとこだぞ。雑な筋書きだ」

「権力をもつ者にとって、おのれの描いた筋書きのつじつまなど、どうでもよいのですよ」

実際、権力さえあれば大抵のことはどうとでもなる。でなければ冤罪に落とされた延明の家族はいまも生きていたし、孫利伯も死ぬことはなかっただろう。

——いや、死してはいないのだったか。

身体ではなく魂の話だが、桃花はそれを理解したうえで『生きている』と言った。そして孫利伯とは、姿は見えずとも死してはいない『新月』なのだ、と。

延明はふっと息を吐き、力の入っていた手をやわらかく開いた。

「そういえば点青、絲葉が太医のもとに出入りしていたという話がありましたね」

夏至よりまえに、中宮宮官らが集めてきた情報だ。

太医とは帝のための侍医だ。なので本来、後宮の女たちが診てもらうのはこちらではなく、中宮薬長のはずである。後宮で処方される薬のたぐいも一括して中宮が管理しており、これらは中宮の主である皇后が掌握する機関である。

梅婕妤は敵対勢力に頼るのを厭い、帝に願って太医を利用していたのだろう。当然ながら、絲葉個人が勝手に太医を訪うことは不可能だ。

あったなあと言って、点青は腕を組んだ。

「梅婕妤が絲葉を使いに出して、なんらかの薬を処方してもらったのかと思っていたが、もしかしたら絲葉自身を診てもらっていたのかもな」

「延明さま、太医はなんと？」

華允に問われ、なにも、と延明は答えた。

「真正面から訊ねて簡単にぺらぺらしゃべる者では、帝の侍医などつとまらないのですよ」

手ぶらで行くのは無駄であり、相手を警戒させるぶん下策だ。よって、この件についてはまだ〝なにも〟詰問していない。

「とはいえ、絲葉は死にました。死体の持ち物から薬包が出たとでも言って、探りを入れてもよいかもしれません。婕妤へ薬を譲渡していたならなにもしゃべることはないでしょうが、絲葉の診察程度であったなら、なにがしかの証言を得られる可能性があります」

これは、梅婕妤が病か否かを探るうえでも重要だ。

点青（てんせい）、と青い目を見て言うと、「わかってる」と返ってくる。

「俺は太医のとこへ行ってくる。おまえはそろそろあっちだな」

「ええ」

準備が整う頃合いだ。延明と点青はともに席を立った。

延明が向かったのは、死体がある三区だ。

無人となった三区には、ひとの生活をうかがわせるような気配がない。雲が晴れない日がつづいているせいかじっとりと蒸し暑く、それでいて深閑としていた。

ふしぎなことに、荒れたというわけでもないのに、どこかひとを寄せつけない雰囲気が満ちている。そんなふうに感じてしまうのは、いまも消えることなく拡散する幽鬼のうわさのせいだろうか。

気味が悪い、と華允が言う。幽鬼などいないと窘（たしな）めたが、曹絲葉の死体を守っていた掖廷（えきてい）官たちも、どこか不安を帯びたような、落ちつかない表情で直立していた。

「梅婕妤の女官たちは、あれからどうですか」

尋ねると、答えたのは給事羽林の責任者だった。こちらはさすがに堂々たる立ち姿だ。

「たまに様子を探りにやってきます。ですが、集団でわれわれを押しのけようとはいたしません」

「そうですか。では、現場は一歩たりとも侵されていませんね？」

掖廷官たちも「はい」とうなずく。

彼らの背後には高さ四丈を超える櫓がそびえていた。その下で筵をかけられているのが、曹絲葉の死体だ。気温は高いが櫓の陰になっており、日は当たらない。もとより曇り空だが、腐敗を考えるとこれは好都合だった。

死体の周囲で焚かれているのは、駆蟲のための香だ。筵にも蠅除けのための薄荷油をしみこませてある。夏の屋外であるため、蟲害には配慮をしたつもりだ。

「さて、では私は櫓を調べてきます。上から縄尺を下ろしますから、華允はここで待っていてください」

「高さを測るんですね。わかりました」

櫓の屋根は一層。木材と版築をあわせて火の見のためにつくられたもので、半鐘の吊り下げられた開口部までは梯子を登る仕組みだ。ただし開口部と言っても、帝の燕寝がある南の方角を望むことは不敬であるため、ふさがれている。

延明が梯子に手をかけると、ギッと軋むいやな音がした。慎重に足をかけ、のぼる。なにか異常はないか確認しながらであったが、なにごともなかった。

——欄干にも異常無し。

開口部に到達すると、露台部分の欄干を確認する。そこから縄尺を下ろして測ったところ、死体からの高さは四丈と二尺（十メートル弱）であった。

燕寝だけでなく、後宮も高所よりの展望にはきびしい規制が敷かれている。長居してなにか言われてはめんどうなので、すぐにおりた。

「延明さま、検屍官がきます」

「では道具類の最終確認を」

やがてあらわれたのは先導する宦官と、官奴姿となった姫桃花だ。あいかわらず寝起きとまどろみの境目のような、ひどく眠たい顔をしていた。

「待っていましたよ、桃李」

「……さすがに、今回はわかりやすかったですわ」

迎えるなり、周囲にはきこえない程度の声で桃花は言った。呼びだし方のことだろう。

今回はちょうど田寧寧の女官選びが控えていたので、皇后に頼んでそれを早めてもらった。織室女官一同を呼び出してもらえば、桃花は取りのこされる。そこを織室に置いた連絡係りに連れ出してもらった。

　連絡係りが桃花の恋人だと誤解されているのは、案外都合がよいのかもしれない。桃花の友人はこれを恋人との逢瀬とでも思っていることだろう。

「絲葉さまの検屍ですね？」

　桃花が痛ましげな目で、筵へと視線をやった。

「そうです。一応申し添えておきますと、この櫓から身を投げたことにするよう、婕妤側からは圧力をかけられています。逆説的に、身投げではないだろうと踏んでいるわけですが」

「絲葉さまがいま自害など、ましてや三区を選んでなど、するはずがありません」

　桃花は、死体発見者となった女官とおなじことを言う。

「わかります。しかし心を病み、衝動的に身を投げたと梅婕妤側から言われてしまえばそれきりです」

「おっしゃるとおりです」

　桃花は遺体のまえに膝をついた。あれほど眠たげに歩いてきたのがうそのように、背筋が伸びて凜とする。

　富も権力もどうでもよく、ただ寝て後宮での年月をしのぎたい彼女にとって、唯一検屍だけが真剣に向きあうに足る事柄なのだ。

「華允、筆と木簡をこちらに。記録は私がとります」

「おれも死体は平気です。慣れました」

だから自分がやると主張する華允の顔を見て、延明はすこし思案した。華允の顔色は悪く、本人が言うほど慣れたようには思えない。強がっているだけだ。だが仕事をまっとうしようとする好ましい強がりだった。

「……私が自分でやりたいのです。桃李は私の検屍官ですので」

「延明さまの？　個人的な奴僕ってことですか？」

「いえ、登録上は中宮の官奴です。彼のことは私が任せられています」

華允は検屍官桃李が女官の桃花だということを知らない。正体を知る者はすくないほうがよいだろう。

華允は戸惑ったようだったが、なごり惜しそうに筆記具一式を渡してくれた。それらを受けとり、鼻に臭気をまぎらすためのごま油をぬる。平然を装ってはいるが、延明とて死体との対面に慣れたわけではない。心の中で意を固め、桃花に向けてうなずく。

延明の用意ができたのを見届けて、桃花が「はじめます」と宣言し、掖廷官が覆いを取り払った。

あらわれたのは、地面に伏した白髪の女官だ。体位は櫓に対して身体の右側を向けての平行。小柄でふっくらとした体つきをしており、額部のやや右を地にこすりつけるようにうつぶせている。血で染まったしわ深い顔はこちらに向いていた。

「ぅ……っ」

華允や掖廷官が思わずうめく。半開きの眼球や口に、蠅が黒だかりをつくっていた。駆蟲香や薄荷をくぐりぬけてきたのだろう。

桃花が手で払うと、ぶん、と不快な羽音をたてて周囲を飛び回る。

「……掖廷に運び、仮埋めしておいたほうがよかったですか？」

ひとは死ねば腐る。腐れば蟲（むし）がたかる。わかっているはずなのに、こうして目の当たりにすると恐れのような、嫌悪のような、なんとも形容しがたいものがこみあげる。

——死者も、憐（あわ）れだ。

発見時そのままの状況を保存する点を最優先にしたが、誤りだっただろうか。

だが桃花は「いえ」と首をふった。

「まだ食壊されているわけではありませんので、問題ございません」

「食壊……」

「それと延明さま、これはお考えのとおり、櫓からの身投げ——墜落死ではありません」

これを、と桃花が指さしたのは、遺体の下敷きになった雑草だった。

「どの草も、櫓のほうへ向かってなぎ倒され、巻きこまれています。櫓のほうから身を投げたのでしたら、せめて逆の向きでなくてはなりません。そうであっても体が建物に対して平行ですので、不自然には思いますけれども」

構造上、欄干に腰、あるいは足を掛けてそのまま飛び降りるのが自然であり、横向きに墜落するのはむずかしいという。欄干の外に足を掛ける場所がないためだ。

「つまり、櫓方向へ向かって何者かが遺棄したと。放るように、あるいは転がすようなに？」

「そのように思います。それに、頭部に外傷こそありますが、ここでついたにしては地面に大きな出血の痕跡がありません」

「では、死体の発見者のひとりが重い音をきいているのですが、遺棄の音であったということですね」

「それは、わたくしには判じかねますけれども……」

それから桃花はいつものとおり、ためらうことなく遺体に触れた。

「このお顔は曹絲葉さまに間違いありません。六十歳、女性。着衣に乱れなし、帯にゆるみなし。両足とも履をはいておらず、裸足。櫓の北側に倒れており、建物からの距離は――」

「五尺と半です」

延明（えんめい）がすかさず測る。桃花は目で礼を言い、さきをつづけた。

「身体の向きは建物と平行、頭部は東向き。右の前頭部を地につけ、うつぶせ。右手は腰の位置、左手は腹部の下敷きとなっています」

延明は桃花が読み上げるとおりに木簡（もっかん）に書きつける。

それから桃花は遺体のあごに触れた。それから手足に触れ、動かそうとするしぐさをみせる。

「硬直はすでに全身におよんでいます。亡くなってから、丸半日以上が経過していると思われます」

「発見が半日ほどまえの夜間です。その際、まだ死体にはぬくもりがあったと報告されています。死んでから間もなかったということでしょうか？」

梅婕妤（ばいしょうよ）の殿舎内のできごとに関して、情報は乏しい。

死んだ時間を特定できるかと思って期待をしたが、桃花は横に首をふった。

「夏ですと、亡くなってから三時（六時間）を経過していても、ほのかなぬくもりを感じることもあります。それに温かさの感じ方はそれぞれの主観に左右されますので、なんとも申せません」

「そうですか……捜査の役に立つかと思ったのですが」

「であれば、肌の温かさよりも硬直具合をみたほうが参考になります」

「なるほど。至りませんでした」

くわしくはのちに訊きに行くことにして、つぎは着衣を取り払っての検屍だ。

「そのまえに、ですけれども。絲葉さまの履は見つかっているのでしょうか？」

「履ですか。櫓にはありませんでしたが」

念のため、掖廷官や給事羽林らにも周囲を捜させる。だが近辺ではどこにも見当たらなかった。

「自裁する時に履をぬぐ民族もいるときいたことがありますけれども、絲葉さまはそういった蛮狄の出身ではありません。どちらかにかならずあるかと思うのです」

「ここに死後運ばれてきたのでしたら、もとの場所に落ちているのやもしれませんね」

掖廷官らにはさらに周囲を調べるよう命じ、検屍のさきをつづける。

延明と桃花、そして華允とで、すっかり硬直した遺体を傾けたり、関節をゆらして硬度を和らげたりしながら脱衣させる作業だ。

苦心して衣を取り払い、あおむけに寝かせると、ゆったりと肉づいた老女の裸体があらわになった。出血の痕跡があきらかな額部外傷のほかは、ひどく大きな内部出血が胴体の数か所に認められた。腹部など腐敗の青藍色と内部出血の色が重なり、敵対勢力にある人物とはいえ、あまりにも痛ましい。

寵妃の奶婆という立場にある老女に、いったいなにがあったのか。

延明が疑問に思っていると、横で華允がぼそりと「硬いんですね」とつぶやいた。

死体の感触のことだろう。顔色がさきほどより悪い。

華允が動揺する気持ちは延明にも理解できる。絲葉はゆったりと肉づき、一見してやわらかそうな印象であったが、実際に触れたときの感覚はなんとも形容しがたいものがあった。

温度がなく、関節や筋肉どころか脂肪までが硬いのだ。

これは死者特有の感触で、生者とのあまりの差異に、胸の底が冷えるような違和感を覚える。死そのものに触れたような感覚だ。

おそらくこのさき、何度検屍に立ち会ったとしても慣れることはないだろう。

わずかな唾を飲み、口の中を湿らせてから桃花に声をかけた。

「――桃李、広範囲にわたってわずかに赤みを帯びていますが、これは死斑ということでいいですね？」

以前、死後には血液が下がって溜まるということを教えてもらった。うつぶせで倒れていたので、身体の前面に溜まったのだろう。

桃花は遺体の頭髪をほどきながら、うなずいた。

「はい。これから手順にのっとって確認いたしますけれども」

「まだらに白い部分があるのは？」

「うつぶせでしたので、乳房、それと下敷きにした右腕などの圧迫によって白く抜けているものです」

「以前見たものよりずいぶんと色が薄いですが、理由がありますか？」

念のため、気がついたことを尋ねてみる。

これまで延明が関わった検屍で死斑を確認できたのは二件だが、その際にはもっと濃い赤褐色であった気がする。

「そもそも死斑はみなおなじではありません。それに今回は内外で出血があったようですので、死斑となる血液がすくなかったためだと思います。高齢ですし、もともとの血液量も多くはなかったのでしょう」

「なるほど」

それから頭髪の長さを記録し、外傷をつぶさに確認する。

「額部に損傷あり。皮膚は挫滅し、頭骨の亀裂を確認。延明さま、やはりこれが致命傷だと思われます」

言うと、それからいつものように顔の部分を観察してゆく。鼻からは出血があった。

さらに首から下へと移動する。おもに左手首、左腰、腹部において、内部で非常にはげしい出血が認められた。

――暴行を受けたか……？

記録を取りながら考える。

絲葉は、梅婕妤の女官において筆頭である。

彼女にここまでの暴行を加えることができ、無事でいられる人物は限られると言ってよい。女主人である梅婕妤、そして帝だ。

それ以外の身分にある者のしわざならば、梅婕妤がけっして許しはしない。掖廷署どころか、後宮をあげての大捕り物となっただろう。

だが今回は、その梅婕妤が身投げであるなどと偽って、早々に済ませようとしている。

――ふつうに考えれば、梅婕妤以外に犯人は考えられないが。

おのれの罪であるから、調べがおよばないよう圧力をかけたとしか考えられない。

無論、手を下したのは本人ではなく下位の者であろうが。

しかし、それにしたって妙である。

仮に梅婕妤が絲葉となんらかの諍いとなったとしても、暴室送りにすればよいだけの話だ。暴行を加える必要がない。暴室は火災で焼失したが、すでに仮設のものが建設されている。

「延明さま」

その疑問を払拭するように、桃花の澄んだ声が延明を呼んだ。

「ごらんくださいませ。この左大腿には、強く叩きつけられた際にできる特殊な痕跡があります」

「特殊？」

桃花が指すところを見る。左大腿には膝に向かって半尺ほどの長さで、まっすぐに白く色がぬけた部分があった。否、白ぬけと表現するのは正確ではない。それを挟むようにして肌が赤みを帯びているため、そこだけぽっかりと白く色がぬけているように見えるのだ。赤みは皮下での出血のように思える。

さきほど説明を受けた、圧迫で死斑が白くぬけた状態によく似ていた。

「これは死斑の状態ではない？」

「似ていますが、ちがいます。床のような硬く平らなものに強く叩きつけられたときに、ちょうど大腿骨にあたる部分が白くなり、その周囲が死斑のように赤く変色するのです。すなわち、墜落死の所見であるとされています」

「つまり、絲葉は墜落死であると。地面には出血の痕跡がないことから、ここではないどこかで高所より墜落をし、遺棄された？」

「そのように存じます」

道理で、と延明は納得してあごをなでた。

暴行による傷ではない。それならば、さきの疑問も腑に落ちないではない。

延明は桃花と共につぎの工程の準備をはじめた。死体の洗罨だ。

死体の皮肉を洗浄用のサイカチで洗い、ぬるま湯で流す。それからやや温めた酢をかけ、ぬるめの酒粕で覆い、布帛をかけた。気温が高いので、どちらもぬるめでよいとのことだ。上からさらに酢をかけ、時間を置く。

桃花がサイカチで手を洗い終えると、華允が話しかけた。

「検屍官。墜落死ってことですけど、じゃあ身投げの可能性もあるんですか？」

「それはないと思われます」

「なぜですか？」

桃花は筵の上で、顔を隠すように身を小さくしながら答えた。これは寝る気だなと延明は察する。

「華允さんは、もしご自身が高所から身投げをするとしたなら、墜落の際、身体のどこがさきに地面にあたるとお考えですか？」

「ええと………頭？」

「なぜそう思われたのでしょう？」

「重いから」

華允が端的に答える。桃花は現在官奴としてここにいるので、言葉づかいとしてなにも問題ではない。だが会話をきいているとどこか落ちつかなくて、手を洗い終わった延明もさりげなくそばに寄った。

「それに、そうきいたことがある気がする」

「たしかに、人体において頭部はかなりの重量を占めます。けれども世で言われる『頭が重いから、どんな姿勢で飛び降りても頭から落ちる』というのは、まことしやかな偽りなのです。実際には多くの場合、人体は落下時の姿勢のまま着地します。空中にて姿勢が変わることはまずありません。天空から落下した場合などはまたべつでしょうけれども、この後宮内の建物の高さでは不可能と言えます」

そこで話がもどりますが、とくぐもった声で言いながら、桃花は身を丸めてさらに小さくなった。おそらく声がおかしいのはあくびだ。

「華允さんが仮に身を投げるとしたら、どのように飛ぶかご想像くださいませ。地面に激突すればただでは済まぬ高さでしょう。——大抵の者は、えいやと足をそろえて飛びます」

「そのままの姿勢で落ちるなら、両足から落ちることになりますね」

華允よりさきに答え、間に割って入る。

「足をつき、勢いで倒れて臀部、あるいは頭部を負傷するといったところでしょうか？　しかしこの遺体の足首には負傷がない。ちがいますか？」

「だいたいそのようなところです。もちろん、必ずやとは申しませんけれども。頭から落ちておのれの頭をかち割ろうという、強い意志が働く者もいるかもしれません。その場合には、頭部負傷はあっても、足首は負傷いたしません」

聞き入る華允に、「ですが」とあくびをかみ殺しながら桃花は言う。

「ですがそうであれば、よほど強い死の願望があったと推察されます。現状、絲葉さまにそれは考えられません。――なにより、絲葉さまは手をついています」

延明と華允は思わず布帛で覆われた遺体へと目を向けた。無論、手は見えない。だがたしかにさきほど、左手の負傷を確認していたことは覚えている。

「かばい手です。転びそうなときなど、とっさに体を守ろうと手を出すものです。強く死を覚悟していては、出るものではありません」

では失礼いたします。そう告げて、すぐに安らかな寝息が聞こえてくる。

華允は急に官奴が動かなくなったのであたふたしていたが、延明は「疲労が溜まっているのでしょう」などといってこれを引き離した。


熟睡した桃花を揺り起こしたのは、一時ほど経ってからのことだ。

洗罨によって軟化した遺体をていねいに調べた桃花は、左手首、左骨盤、右肋骨の骨折を確認。

よって、墜落により左手をつき、左骨盤あたりを落下面に強打、かばいきれずに額部、そしてつぎに回旋した右体部を地面に叩きつけられたものであると鑑定を下した。

＊＊＊

「いったい何用か！　中宮の僕ともあろう者が、このように無礼な来訪をなさると
は！」
まだ日も昇りきらぬ午前。
後宮一区、梅婕妤の昭陽殿を訪ったのは、点青をはじめとする総勢二十にもおよぶ
宦官の集団だった。率いているのは点青で、ふだんはあまり身につけることのない印
綬を帯びている。銅印黒綬、鳳凰の刺繍――これは大長秋丞（皇后侍従副長官）の証だ。
垂花門のまえで侵入を阻もうとする女官のまえに、点青が堂々と歩み出る。
「道を空けよ。われらは中宮娘娘より曹絲葉の死について、仔細調べてつまびらか
にせよとの命を賜っている」
「絲葉さまは身投げで……！」
「おまえのように下級なものと話していてもはじまらぬ。疾く道を空けよ。このまま
では婕妤が吟味への協力を拒んだと、大家へ上奏をすることになるがよいか」
点青の脅しに、女官たちが動揺を見せる。

それでも道を空ける者はなく、さらに押し問答がつづくかと思われたが、それを収めたのは昭陽殿の主、梅婕妤だった。

「これはこれは、大長秋丞。とんだ推参だこと。こちらは来客中なのだけれども」

女官がこうべを垂れつつ左右に割れ、金泥絢爛な深衣に身を包んだ妃嬪が現れた。長いまつ毛がおりるたびに、髻に飾られた歩揺が繊細な音をたてる。背後に控える従者が藺の扇であおぐと、衣服に焚き染められたみやびやかな香りが辺りを包んだ。

後宮一の寵妃の登場に、点青はうやうやしく揖礼をささげる。

「梅婕妤。曹絲葉の死に関しまして、検屍の結果、三区櫓からの身投げではないと鑑定がなされました。べつなる場所で死亡したのち、運ばれたものであると。つきましては、絲葉が昼夜勤めていましたこの昭陽殿をどうか調べさせていただきたく」

「まあ、なぜ？」

「直截に述べさせていただきますと、絲葉の死がこの一区で――」

「ちがうわ」

点青の言葉をさえぎり、婕妤は屏面で口もとを覆った。目が優雅に細められるが、笑ってはいない。

「なぜ、妾が調査に協力をせねばならないのと言っているの。検屍の結果と言ったわね？　そのようなもの、あなたの捏造ではないとどうして言えるのかしら。ねえ、掖廷令(ていれい)」

梅婕妤の視線が、点青の背後に控えていた延明を向いた。

たしかに延明は梅婕妤の敵対勢力である皇后派に属している。婕妤を貶(おとし)めるために検屍結果を操作する可能性を指摘されれば、やるかやらないかにかかわらず、それは否定できない。

「まさかだけれど、妾が絲葉を殺したとでも誣告(ぶこく)をするつもりかしら？」

そうであれば、圧倒的な反撃を見せてやるとでも言いたげな、自信にあふれた声だった。

延明は揖をささげ、面(おもて)を伏せた。

「いたしません」

「ほう？」

「曹絲葉の死、これは〝事故〟であったと承知しております」

ちがいますか？　とたずねると、梅婕妤は表情を変えた。

うわべの笑みが消え、わずかに険しくなった眉(まゆ)が的を射たことをあらわしている。

「検屍により判明しております。曹絲葉は高所より転落、かばい手から落下し、骨盤骨折、額部強打をして亡くなったものであると。これは身投げの所見ではございません。何者かに突き落とされた可能性も、それはかぎりなく低いと考えております」

当然だが、通常女官が登るような高所にはかならず欄干がある。不意をついたとしても、突き落とすことは容易ではない。必然、大なり小なり争うことになるが、絲葉の身にそのような痕跡はなかった。

可能性として挙げるならば背後から勢いよく突き飛ばされた場合だが、そうであれば正面から落下したはずなのである。どこかに引っかかって姿勢が変わった形跡がない以上、その可能性は低い――そう桃花は鑑定していた。

「この件、夜警中の不手際に関する吟味は、検屍結果とあわせまして大家にすべてご報告差しあげることとなっております。しかし梅婕妤、ただの事故だとわれわれが記しているにもかかわらず協力を拒んだとあらば、大家もこれを不審に思わざるを得ないのではないでしょうか」

疑われるのは掖廷の検屍結果ではなく、梅婕妤になる。

――田寧寧の格上げをまえにして、おのれの評価を損なうようなまねはしまい。

延明はここぞとばかりに艶然と微笑んだ。

「ただの事故の調査にございます。梅婕妤におかれましては、なにとぞわれらに協力を賜りたく」

梅婕妤の顔が歪むのがわかる。それでも醜悪にはならないのだから、さすがは寵妃といったところか。

「――勝手にせよ」

短くそう言いのこし、梅婕妤はひらひらと衣をひるがえして正房へともどって行った。

点青と目配せをし、垂花門の側門から院子へと踏み込む。

延明も初めて目の当たりにする昭陽殿は広大で、皇后の椒房殿に匹敵する規模を誇っていた。甍の釉はまばゆく輝き、どの柱も欠けたるところなく極彩がほどこされている。点青は不愉快極まりないといった表情で周囲を見渡した。

広い院子を挟んで正面が正房、左右にあるのが廂房だ。いま姿は見えないが、蒼皇子は向かって右手の東廂房にて暮らしている。反対側の西廂房は本来であれば格の低い妾妃の住まいとなるはずだが、梅婕妤が厭うので使われていない。しかしいずれも壮麗なる装飾がまばゆく、その権勢を存分に示していた。

「あれですね」

延明は正房の向こうを目でしめした。うつくしい曲線を描いて反りあがった屋根の向こうに、楼閣が見えた。絲葉は墜落死であるのだから、ああいった高さが必要だ。

――桃花さんは釈然としない表情だったが。

なにかあったのだろう、と、昭陽殿をよく知る桃花は言っていた。

事故ではあるが、高層の露台などからあやまって落下したような単純なものではないはずだ、と。

　とはいえ、女官が登り、転落して絶命しそうな場所と言えばあの楼閣くらいだ。延明たちは裏へと向かう洞門をぬけた。

　昭陽殿の裏には、夏に涼むための池があった。舟を浮かべる規模ではないが、大ぶりの蓮がいくつもつぼみを持ち上げ、あるいは咲き誇っている。よく手入れが行き届いてうつくしい。

　楼閣は、その池に面して建っていた。四層の屋根を有し、二階は行閣にて殿舎と直結している。風通しがよいように、南面をのぞいてすべてに露台がめぐらされ、開放できるようになっていた。

「では手筈どおり、二手に分かれましょう」

「ああ。おまえが転落場所の検証、俺が女官への聞き込みだな」

　点青と延明だけでなく、宦官たちもここで分かれて分担する。そのため中宮宦官と掖廷官とを半数ずつ交ぜてきていた。

　点青は配下を送り出すと、鼻を鳴らして袖のにおいを嗅いだ。

「しかし婕妤はどんだけ香を焚いてるんだ。匂いが染みてないだろうな？」

「あの匂いがおよぶのは近くにいるときだけなので、だいじょうぶです。しっかりと菖蒲が香っていますよ」

さっさと行けと追い払い、それから掖廷官らに楼閣周囲の地面を調べるよう命じた。

まさか血痕がのこっているなどという油断極まりないことはあるまいが、わずかな痕跡が見つかるだけでもよい。染みた血をのぞくため、土を掘って入れ替えた跡くらいはあるかもしれない。

一方、延明は華允と数人の部下を連れて楼閣へと踏み入った。転落場所の痕跡を探すためだ。なにか異常、異変はないかをゆっくりと調べながら階を登る。転落して死亡する高さであれば最上階がもっとも疑われるが、念のために露台はすべて検めることにした。

「……妙ですね」

延明がそう首をひねったのは、まだ二階の露台を調べていたときである。重要なことに気がついたのだ。

「なにがです？」

「見てください」

華允に、欄干から軽く身を乗り出して真下を指す。

「階下の屋根が、露台よりも迫り出しています。これでは、たとえ不注意によって欄干から向こうへ転落したとしても、まず屋根の上に体がのってしまう」

桃花が言っていたのは、こういうことだったのだ。露台から転落しても、そのまま地面に叩きつけられることはない。

「じゃあ露台から屋根に落ちて、そのままごろごろと転がって落ちたってことじゃないですか？」

「それならば、擦り傷や軽い打撲などがついていたはずです」

絲葉の検屍の際、それらしき傷は見つかっていない。

「とりあえず、いまは屋根を転がったと仮定して、その痕跡をさがしてみましょう」

部下たちに命じて、延明も露台から見える屋根に視線を走らせる。

曇り空のもとでも釉が輝く上等な甍だが、毎日掃除をするようなものではない。辺境の大漠から風にのって降り注ぐ細かな沙や、それらに根を張ろうとする苔などもこびりついている。ひとが転げ落ちたなら、かならずやその痕跡がのこっているはずだ。

慎重に時間をかけて二階の屋根を調べ、三階、そして四階へと至る。

あ、と思ったのは、指示を出した延明自身だった。

露台からちょうど真下をのぞきこんだあたりに、たしかな足跡がのこっていた。

――両足だ。やや滑っているが……これは、屋根に降りたのか……？

きちんと足をついている。尻もちや、肩や手をついた形跡はない。

「大変です掖廷令！　掖廷令っ！」

とにかく記録を、と華允を呼ぼうとしたところで、逆に延明を呼ぶ緊迫した声が響いた。

「点青さまが！　点青さまが捕まってしまいます！」

外からだ。中宮宦官が血相を変えて叫び、走ってきていた。

延明も弾かれたように楼閣を駆け下りる。出るや否や、真っ青な顔をした宦官が縋ってきた。

「このままでは殺されてしまうやも！」

「なにがあったのです。とにかく説明と案内をなさい！」

焦りながらも叱咤をすると、中宮宦官はぐしゃぐしゃの顔で延明を連れて走った。役に立ったのはそれだけで、説明は要領を得ない。

だが、駆けつけたさきの状況を見て、延明はすべてを理解した。

そこにあったのは女官の人垣だ。その中央には点青——青い顔をした点青の手には、女物の衣がにぎられていた。足もとには、あられもない姿となった女がひとり。

——やられたか。

お互い、なにかを仕掛けられる心づもりはあった。気をつけていたはずだが、油断したか。

「まあ、なんてこと」

人垣から、梅婕妤が点青に向かって悠然と歩み出た。

「大長秋丞ともあろう者が、白昼堂々と女人を襲うだなど。なんて汚らわしい」

「……だれがだれを襲った？　俺は投げ渡された衣をとっさに受けとっただけだ」

わかっている。延明だけでなく、この場にいるだれもが、なにが起きたのかを理解している。だが、いま大事なのは事実ではなく状況だ。

人垣をよく見れば、梅婕妤の女官のほかに一区担当でない宦官も交じっている。これは内廷の獄のひとつ、若盧獄の獄吏だ。目撃者として手配したのだろう。

延明が女官をかき分けて輪の中へ入ると、点青はかすかな声で「すまない」と言った。謝る相手がちがいますよと返して衣を受けとり、肌があらわになった女人にかけてやる。にやりと笑った顔が見あげてきて、延明は内心で仰天した。皺のきざまれた顔……見覚えがあった。これは、梅婕妤の母親ではないか。

――客人がきていると言っていたが、なるほどそうきたか……。

若くうつくしい女官がそばへ寄ってきたなら、点青も警戒をしただろう。だが、梅婕妤の母親が仕掛けてくるなど、さすがに想像もおよばなかったはずだ。

「だれぞ、このけだものを引っ立てよ。獄に放りこんでおしまい」

「お待ちください、梅婕妤」

延明は身をなげうち、額を地面にこすりつけた。

男児膝下有黄金（男の膝には黄金の価値がある）――膝を簡単に折るな。桃花は延明に対して、男として、人としての尊厳を尊重してくれたことがあった。

だがどうだ現実は。この後宮で尊厳など、なんの役にも立たぬ長物だ。宦官の手足はこうして這いつくばるために存在する。

「伏してお願いを申しあげます。どうぞこの者に寛大なるお赦しをくださいますよう」

「あら、でもこのようなけだもの、まさか中宮に帰すわけにはいかなくてよ。絲葉の身投げを事故だなどと誤解したあげく、検分に協力せよというから厚意で門を通してやったというのに、あたら無下にしてしまうとは」

扇面の向こうで婕妤が笑う。点青からは歯軋りの音がきこえたが、彼も延明の脇で崩れるように額ずくのが見えた。

「けだものと申しましても、これは泥にまみれるしか能のない騾馬にございます。躾は中宮娘娘に私めのほうからかならずや進言させていただきますので、なにとぞご寛恕くださいますよう」

茶番だ。わかっている。梅婕妤は考えこむふうを装って焦らしているが、本気で皇后の寵臣を獄に放りこむ気はないはずだ。

集まってきた部下たちが、延明たちにならって平伏する。

不愉快な者たちが滑稽に身をなげうって這いつくばるのを見て、さぞや気分がよいことだろう。

しばらくののち、赦す、と声が降った。

「疾く去ね」

女官たちの嘲笑を浴びながら、延明たちは昭陽殿を後にするよりほかなかった。

＊＊＊

「で、どうだったの？」

帰ってきた紅子に、才里は機織りの手をとめて興味津々に詰め寄った。

「どんなところで、どんなことをするわけ？　あたしたちって入宮直後に婕妤さまに捕まっちゃったから、ちゃんとした女官選定って受けてないのよ。ね、桃花」

「同意を求められても困ります……覚えておりませんもの」

桃花はこの閉鎖された暮らしに絶望をしているが、送りこまれた直後はさらにその思いが深かった。おかげで当時のことはほとんど記憶にのこっていないのだ。いつのまにか昭陽殿に連れてこられ、そこでうつくしい妃に「一生面倒を見てやろう」と言われたように思う。

あのあと才里は「つまり幽閉よ！　軟禁よ！」と嘆いていたが、桃花にしてみれば、ただまどろみの中で時間の経過を待つだけの厚遇のはじまりだった。

梅婕妤は桃花がぐうたらと小汚くしていると非常に機嫌がよかったし、やれ米粒がついているだの帯がほどけそうだの起きろだのと、めんどうなことはなにひとつとして言わなかった。

こうして身なりを整え、緊張しながら選定に向かった紅子を見ると、ただただ大変だなと思うばかりだ。

紅子は深衣（しんい）の襟もとを軽くくつろげて、機のまえに腰を下ろした。

「行ったのは中宮のナントカっていう堂さ。ずらりと座って、皇后さまと田寧寧（でんねいねい）さまの面通しがあったってだけ。特にあたしらがこれと言ってなにかするわけじゃない。現実的に考えてもみりゃ、どうせめぼしい女官ははじめっから推薦状が渡ってるもんだろ」

「あぁ、やっぱそうよね。推薦状を書いてもらうにしたって、実家の力か銭の力が必要――」

「って思ってたんだけどさ」

ちがったんだよ、と紅子がにやっと笑う。

なんでも、ひとりひとりに特技などを披露する時間があたえられたのだという。なにもない者はない者で、侍女となることへの心づもりなどを語らせたらしい。

それは検屍するあいだの時間稼ぎも兼ねていたのではと桃花は思ったが、きっとそれだけではないだろう。皇后にとって、田寧寧は重要な一手となる可能性を秘めた駒だ。女官もしっかりと吟味したかったのだろう。

ちなみに、紅子は心づもりのほうを披露してきたとのことだ。

「手ごたえはどうなのよ？」

「よくわからんとしか。ただ、李美人さまの女官だったって時点でだめだよなんて言ってくるやつもいたんだけど、そういう感じはなかったね」

「じゃあ可能性ありじゃないの。ところで、田寧寧さまってどんなひと？」

「若い。いかにもおぼこって感じの娘さ。主上はああいうすれてない娘がお好みなのかもねぇ」

声を潜めて紅子が言う。

ひそひそ話になると俄然眠けが増してくるので、桃花は困った。延明からは帰りに織りあがった綾を持たされたが、検屍をしていたから機織りをしなくてよいなど、そんなわけはない。

――ないのに……。

そう思いつつ、抗うすべはどこにもなかった。

桃花がはっと気がついたときには、すでにとっぷりと日が暮れていた。

見ていた夢は鮮明で、こういうときは現実との境があいまいになる。祖父の白骨を調べようとする夢だった。けれどそこへ役人がやってきて、棒で骨を粉々に砕いてしまうのだ。悲鳴をあげて、そうして目が覚めた。

桃花はぼんやりとあたりを見渡した。

暗いが、機がないことはわかる。床に座り、上半身を突っこんでいたのが自分の臥牀だ。仕事を終え、なんとか房まではもどってきていたらしい。だが才里たちの姿はなかった。

かわりに、細く開けた戸からしずかに夜空を眺める人影がある。

「延明さま？」

呼びかけると、そっと戸を閉めてこちらにやってくる。才里たちはいつものごとく、どこかに連れ出されているのだろう。

「うなされていましたね」

「それでも、起こさずにいてくださったのですね」

才里は心配性なので、桃花が夢にうなされるとすぐに頬をひっぱたいてでも起こそうとする。でもそれは桃花の望むところではないのだ。

「……桃花さんは、悪夢でも現実よりはよほどよいと思っているのでしょう」

暴室で隔離されていたとき、そのような話をしたかもしれない。よく覚えていてくれたものだと桃花は感心したが、延明は疲労濃い様子で息を吐いた。

「起こさずに辛抱するほうは、じわじわと煮殺されるような気分を味わいますがね」

よくわからないが、それでも睡眠を尊重してくれたということか。

「ありがとう存じます……？」

「ほんとうに、どういたしまして」

「なにか怒っていらっしゃいます？」

「かもしれません」

「わたくしに？」

問うと延明は長いため息を吐き、すこし逡巡を見せたあと、観念したように言った。

「……心配しているのですよ」

「なにをでしょう？」

「あなたを、に決まっているでしょう！」

目を丸くすると、延明は苛立ちをあらわにして桃花の近くに腰を下ろした。

「寝言を言っていましたよ。おじいさま、と」

「そうですか。よくあるようですわ」

「そのように淡々と……。あなたは、ご自身が思っている以上に深く傷ついているのではないですか？」

延明が、桃花の手に触れた。

いやちがう。桃花が無意識ににぎりしめていた、祖父の万華鏡にだ。

「敬愛する祖父君だったのでしょう？　あなたの検屍に対する態度を見ていれば、それはわかります。それが亡くなって、いえ……身内に殺され、あなたは他家に売られて、心が無事なわけがない」

眠い、と思った。けれどもあくびをかみ殺す桃花に、延明はひどく痛々しいものを見たような表情を向ける。

「眠いのは、起きて現実を受け入れることができないからでしょう？　夢に逃避することで、あなたはなんとか正気を保っているだけではないですか」

「…………」

「あなたは、いつも私の心を大切にする。私だけでなく、ほかのだれに対してもそうなのでしょう。けれど痛ましいほどに、おのれの心には鈍感だ」

延明が手を離したので、桃花は万華鏡を油燭へ向けて、目にあてた。後宮に持ち込む際の乱雑な検査ですっかり歪んでしまったが、それでも変わらずうつくしい。祖父が桃花のためにつくってくれた形見だ。鏡面などの高価な材料は、祖父の検屍で救われた官吏が贈ってくれたものだった。

「そういえば、延明さま」

はたと思い出した。言おう言おうと思っていたのだった。

「わたくし、延明さまの検屍官ではありませんけれども」

きょうの検屍でのことだ。延明は華允に『桃李は私の検屍官』などと言っていた。

延明は一瞬何を言われたのかわからないといった顔をしたが、思い出したのか「あっ」という顔をした。

「……あれは、しかたがないでしょう」

「いったいいつ、わたくしは延明さまのものに？」

答えあぐねて、延明は片手のなかに顔をうずめた。ささやかな声で、「すみません」と聞こえる。

「念のため申しておきますけれども、検屍官はだれのものでもありません。あえていうならば、死者のためのものですわ。ですので、わたくしは延明さまの味方とはかぎりません。場合によっては、延明さまや皇后さまに不都合な鑑定を下すこともあるでしょう」

「ええ……心得ているつもりです」

「それで、絲葉さまの件はどうなったのでしょう？」

桃花は延明に、絲葉が亡くなった場所は昭陽殿のどこかだろうと伝えていた。

そうでなくては、事故死であるのに遺棄などする必要がなかっただろう。梅婕妤は延明率いる掖廷が踏みこんでくることを厭い、遺体を移動させたのだと桃花は思う。

怖がりの婕妤が幽鬼のうわさがある三区を選んだのは、絲葉の死が呪いではないと知っていたからだ。

事故だったとその目で見て知っていたから、隣接する無人の三区が選ばれたのだろう。運びやすく、また、ほんとうならば夜警が立ち入らない場所であったので発見もされにくいはずだった。

「……これは、なんだか堂々と話をそらされた感も無きにしも非ずなのですが」

延明は苦い顔をしたが、あきらめたようだった。軽く天井をあおぎ、「やられましたよ」と言う。

「宦官のひとりが婕妤の母君を襲ったという状況をつくられ、あわせてみな追い払われました」

「まあ……」

これには桃花もおどろいた。婕妤の母親が後宮を訪れるのは珍しくはないが、邪魔者の追い出しに加担をさせるとは。

「それは災難と申しましょうか。けれども、わざわざ母上さまにご協力をいただいてまで延明さまがたを追い払ったのですから、やはり現場となったのは昭陽殿であったということかと」

延明は「間違いありません」と、目もとをわずかに険しくした。

「騒ぎになる直前、楼閣の屋根に足あとがついているのをこの目で確認しました」

「足あとですか」

「ちょうど露台の手すりを越えたあたりです。あれが絲葉のものだとしたら、みずからの足で屋根に降り立ったのだということになります。事故死ですから、そのあと足を踏み外すなりして墜落したのだと思うのですが」

「裸足ですね？」

「ええ。足の指が見てとれたので。楼閣の入り口にて履を脱ぎ、その後、四階の屋根に出た。だから遺体が裸足であったというわけです」

いったいなにがあったのだろう、と桃花はふしぎに思う。

絲葉は基本的に、梅婕妤に関すること以外では行動を起こさない女性だった。立場もけっして下級ではない。それが、なぜ屋根に？

「……絲葉さまの身になにがあったかを知ることは、もうできないのですね」

「それはどうでしょう」

「？」

やりこめられたことを悔しがるかと思いきや、延明は不敵に微笑んだ。

「われわれとて馬鹿ではないのですよ、桃花さん」

「妨害されるのは織りこみ済みであったと？」

そういうことです、と答えると同時に、戸の外からかすかな口笛がきこえた。延明がそちらに目を向けたので、おそらく彼の配下からの合図なのだろう。もうすぐ才里たちが帰ってくるのだろうか。

延明は視線をもどすと、懐からなにかを取りだした。手のひらに収まるほどの大きさの丸い木牌で、虎が彫られている。

「なんでしょう？」

「桃の木に彫った、度朔山の虎ですよ。桃の木の下で鬼を捕らえ、虎に食わせる神がいるという伝承を知りませんか」

「それは存じておりますけれども」

門の魔よけの意匠として好まれる伝承だ。だがふつうはその神のほうを用いるのではないだろうか。そう尋ねると、結局は虎が鬼を食うのだから虎でよいのだと延明は主張した。そういうものだろうか。

「もう私には無用なものですから、おいて行きます。これにあなたの悪い夢も食ってもらいましょう」

どうやら悪夢対策のお守りのようだ。延明は勝手に臥牀の枕もとにそれを置くと、立ちあがった。

そのまま帰るのかと思えば、戸をあけたところでじっと空をながめている。

延明が去ったあとは彼の香気を遣るために換気もせねばならないので、桃花ものそのそと立ち上がり、脇に立った。

「そういえば、さきほども夜空を見あげていらっしゃいましたけれども、なにか？」

「いいえ、せっかくなのであなたと月が見たかったのですが」

残念だと言って苦笑する。雲の切れ間を期待していたようだが、空はあいにく広く雲に閉ざされていた。月も星もない夜だ。

「延明さまは月がお好きですか」

「好きになったというべきでしょうか。桃花さんが『あなたは月のように美しい』と褒めてくださったので」

「言っておりません」

月に似ているとは言ったが、褒めたのは杯だ。

「おなじ意味です」

「いいえ。では白梅を褒めた者がいたなら、それはわたくしを褒めたことになるのですか？　延明さまの理論では、わたくしは国中で愛でられる傾国の美女ということになってしまいますけれども」

「白梅を愛でる者は少数派ですからご安心を」

少数派、を妙に強調された気がする。延明はにっこりと笑んだ。

「私は白梅を愛でますが」

「ご勝手にどうぞ」

さっさと帰れと背中を押す。もたもたとしていたせいか、物陰にいた延明の配下が
「お急ぎください」と声をかけてきた。

「点青さまがお見えだとの報せが」

「では桃花さん、また会いましょう」

さっさと行けと手をふると、延明はようやく去って行った。

その後ろ姿を見送るや、桃花は戸を開け放ったまま、臥牀へもどってどさりと体を横たえた。

硬い牀のうえには、さきほど見ていた夢の残滓がまだのこっているように思える。骨になった最愛の祖父。――だが、夢は夢だ。現実とはちがう。

祖父はよく桃花の夢に現れるが、そのたびに姿を変えていた。水死体、墜落死体、首つり死体、死後まだあたらしいものから、腐敗して一部が崩れているもの、あるいは今回のように白骨化したものまで、さまざまだ。

共通しているのは唯一、検屍ができないという点だけ。

いつもいつも桃花が検屍をしようとすると、阻まれてしまう。桃花は泣き叫び、そうして祖父は訴えるのだ。理不尽に生を奪われてしまった無念を。

この無念だけはどうしようもないほどに本物だと、桃花は思っている。

実際、祖父は死後、一度も検屍を受けていない。

家にやってきた検屍官とその助手たちは、なにもせずに帰って行ったのだ。その直前には父からこそこそと金品を受け取っていた姿を、桃花は目撃している。

目に焼きついたあの光景を、生涯忘れることはないだろう。あのときの絶望も、一生忘れない。

姫家へと売られてゆく途次、無念で真っ黒に染まった心に、桃花はひたすら誓いを立てた。殺された祖父のかわりに、かならず検屍官になってやるのだと。金で仕事を放棄するような検屍官や、金のために人を殺す父のような検屍官のかわりに、桃花は多くの死者の無念を晴らしてやるのだと。

「……だから、余計なお世話なのですわ、延明さま」

桃花にとって、眠って見る悪夢は悪いものではないのだ。

祖父の無念を思い出すために必要で、そうして思い出すたびに、桃花は誓いをあらたにできる。この感情が、決意が、けっして薄れることがないように。

桃花は、延明が勝手において行ったお守りを手にとった。

どこかにやろうとして、ふと気がつく。ずいぶんと虎の彫りがすり減っていた。よほど肌身離さず持ち歩いていた物なのだろう。それはつまり、延明自身が悪夢にとり憑かれ、長く苦しんでいたことをあらわしていた。

そっと彫りの凹凸を指でなぞる。

長く縋ったお守りが不要となったのだから、きっと延明は悪夢を克服したのだろう。いや、あるいは克服する決意を固めただけなのかもしれないが。

「………」

どちらにしろ、延明はまえに進みはじめている。そう桃花は思った。

内廷でしか生きられないなどと昏い瞳で言っていた彼が、なにか強い目標を掲げ、その数歩を踏み出している。

対して、自分はどうなのだろう。

ふと、おのれに問いかけ、桃花は固く目を閉じた。

考えても意味の無いことだ。

桃花の目標はすべて、後宮を出ることによって始まる。それまではただ、時間の経過を待つしかない。できることなどなにもないのだ。

——むしろ、考えてはいけないことなのだわ。

思考を閉ざそうとする。なのに、ほんのわずかなすき間やほころびからしみ出すようにして、冷たい疑問が胸に浮き出てくる。

後宮を出る？

織室（しょくしつ）からどうやって？――じわり、じわりと、それは止まない。

そもそも出たとして、黒銭（わいろ）を受けとらない検屍官など存在するのか？　桃花（とうか）が納得できるような検屍官をさがしだすことはできるのか？　まして、女の身でありながら現場入りをすることなど、可能であるのか……？

疑問は、不安は、一度意識をしてしまうと泉のようにとめどなく湧きだしてくる。

桃花は身震いをして、ぎゅっとみずからの身体を掻（か）き抱（いだ）いた。湧いてくる余念をふり払う。

考えてはいけない。再度、おのれにそう言いきかせる。

桃花は検屍官になるのだ。祖父の遺志を引き継いで、祖父の代わりに死者の無念を掬（すく）いあげる。溺（おぼ）れる者が藁（わら）にもすがるように、桃花はその思いだけでこれまで生きてきた。これからもそうだ。そうでないと、祖父があまりにも報われない。

――おじいさま……。

桃花はただじっと虫のように丸まり、万華鏡を抱きしめて眠った。

＊＊＊

掖廷（えきてい）署へと駆けもどると、点青は延明の席のまえで寝転びながら待っていた。

「織室だとめんどうだな。いっそ老猫は死んだことにして籍を処理、桃李としてあらためて官奴の名簿に載せて、おまえの手もとにおいたほうがいいんじゃないか？」

「自分が娘娘の足手まといになったからといって、手当たり次第につっかからないでいただきたいですね」

穏やかに微笑みながら図星を指してやると、点青は舌打ちをして几にひじをついた。

「くそっ、だれがあんな婆を白昼堂々剝いたりするかよ」

「するかどうかはともかく、したことになったのですから四の五の言ってももう遅いのですよ」

ききたくないとばかりに耳をふさぐので、華允にうしろからその手を退かせる。

「――それで、接触があったのですね？」

本題に入ると、点青は観念したように表情と態度を改めた。

「ああ。死体を担いで運んだ女だ」

そう言い、持参した冊書を取り出す。

「護符と引き換えに証言をもらった。ついでに署名もな」

「聞き込みをしたかいがありましたね。けだものの汚名を着せられてまで」

「最後のは余計だろ」

すっかり仏頂面で、点青はそっぽを向く。

点青らが行った昭陽殿での聞き込みだが、そのじつは、「曹絲葉の死について知らないか」といったものではなく、「幽鬼を見なかったか？」といった内容のものであった。どうせまともな聞き込みを行ったところで、だれも正直に口を割るものはいまい。

　かわりに問うたのは、

『昭陽殿で黒い影が徘徊するのを見たという者がいるが』

『曹絲葉が転落する際、どこからか赤子の声が聞こえたという証言があるが……』

『巫覡が、昭陽殿からは憎悪をまとった穢れの気配がすると言っているが』

といった虚言である。なんでも幽鬼に結びつけたがる女官の心理を利用した策だ。

　事故は幽鬼による怨念のせいだったのでは？　という疑心をあおり、祓除の護符をにぎるこちらへの接触をうながすためだった。

　念のため、中宮宦官には破魔の力があるとされる菖蒲を香らせ、皇后の護符をこれみよがしに腰に提げさせる演出まで行った。わざとらしいかとの懸念もあったが、効果はあったようだ。これも護符の評判があってのことだろう。

「事故だと思っていても、夜にいわくつきの三区へと死体を担がされて、さすがに平気ではいられなかったようですね。今回ばかりは死王に感謝をせねば」

「だな。その女、とんでもなく真っ青な顔で泣きついてきてたぞ。怖かった、死体を捨てに行くなんてやりたくなかった、担いだときの背中の感触は消えないし、絲葉までも幽鬼となったらどうしようーってな」

そこで一等特別な護符をあたえるという条件のもと、聴取したのがこれというわけだ。

延明は、冊書にかけられた紐をはずして広げた。

一文字一文字確実に目を通し、なるほどとあごをなでる。

――事の発端は、死王か。

聴取に死王を利用したが、なんの因果か、事故自体が死王を起因としたものだった。

まず、死後に棺の中で赤子を――死王を産んだ李美人は、梅婕妤が手ひどくいじめていた相手である。そのことから、李美人殺しに関わった司馬雨春や呂美人をはじめとした女たちが相次いで死に、梅婕妤はずいぶんと恐れていたという。つぎに復讐されるのは自分ではないか、と。

恐怖心から夜の風音にまで怯えることもあり、曹絲葉は婕妤の心身の健康を懸念していた。

そんなとき耳に入ったのが、皇后がひそかに配っている護符の評判だったという。

絲葉は梅婕妤と親交の深い妃嬪からこれを融通してもらい、梅婕妤に渡そうとした。護符があれば大丈夫だからと。

それが事故当日の夕暮れ、楼閣で婕妤が涼んでいたときのことだ。

……絲葉もずいぶん悩んだ末のことだと、女は証言している。

護符は皇后が配っているものだ。梅婕妤にしてみればこれ以上ない敵である。護符を入手したのは夏至のころだというから、これまで二旬（二十日）ほども渡すか渡すまいかを逡巡していたことになる。その悩みが深かったためなのか、一気に年齢の波が押し寄せ、足腰が弱り、視力も急激に衰えたという。

だがそうして渡した護符は、梅婕妤には受け入れてもらえなかった。

婕妤はかえって逆上し、護符を外に放り投げてしまったのだ。

楼閣の四階から投げた護符は、屋根のふちに引っかかった。

絲葉は、護符をひろいに屋根へと降りたのだという。なんとかひろいあげ、露台へともどろうとしたところで、事故が起きた——。

「親の心、子は知らずってところか。いらぬものを取りに行くなと、婕妤はお怒りだったらしいぞ。だからほかの女官らは絲葉に手を貸さなかったんだと。足腰弱って目も患ってたらしいってのに、絲葉も憐れだな」

「憐れとはちがうのかもしれません。絲葉が自分から『身投げにございます』と言った、とこの者は証言していますよ」

墜落後、絲葉はまだわずかに意識があり、朦朧としつつ、梅婕妤に呂律の回らぬ口でそうくり返したのだという。つまり、身投げしたことにしてくれ、と自分から懇願したのだ。最期の最期まで婕妤を大切にし、守ろうという思いが一貫している。

親の心というのはそういうもので、見返りを求めたりはしないのだろう。ただ子を守りたいという一方的な思いこそが親の愛だ。憐れむたぐいのものではないと、延明は思う。

「憐れというならむしろ、結果的に絲葉を死なせてしまった梅婕妤のほうかもしれません。親の愛とは多く、失ってから気がつくものですから」

延明もそうだった。そばにあるうちは煩わしくてならなかったものが、なにもかもを失ったいまはひどく懐かしい。

「なんだよ、ずいぶん同情的じゃないか」

「同情などしていません。しかしこの件が梅婕妤の精神面に大きな打撃を与えたのは間違いないと思います。三区に遺棄したのも、われわれが踏み込むことを厭っただけでなく、絲葉の無残な姿を見るに堪えなかったからとも考えられます。――なんにせよ、死体の移動は罪。この証言は娘娘のもとでしっかりと保管しておきましょう。よい手札となるでしょう」

「俺がヘマしなけりゃ、すぐにでも暴室にぶち込んでやれたんだが」

この証言をすぐさま帝に報告できないのは、婕妤側も『点青の蛮行』という手札を持っているからだ。こちらの手札よりも、向こうのほうが強いと言っていい。

「そう落ち込むことはありません。どうせ杖刑程度の罪では帝に恩情をかけられて終わりです。もともとこれは、手札のひとつとしておくのがよい」

「といってもなぁ。せめて梅婕妤が病だと判明するとか、そういうでかい収穫が欲しかったなあ」

絲葉が太医を訪っていた件だが、やはり絲葉の薬を調合してもらっていただけだったと判明している。

大きなため息をつく点青のうしろをとおり、小間使いの童子が油差しを手にやってきた。闇を払うための燭台に、ひとつひとつ油を足してゆく。

それを目で追ってから、点青は「ところで」と口にした。

「油のあれ、その後どうだ。進展は？」

掖廷獄から発生した火災の件である。

懿炎という囚人が、火災発生時刻ほどに油くさい不審人物を目撃しており、放火の疑いが強まっていた。延明は使われたと思われる油の入手経路をずっと調べていたのだが、ゆっくりとかぶりをふった。

「なにか意図があって放火したのなら、それなりの量の油を使ったでしょう。しかし帳簿をしらみつぶしに調べましたが、大量に油が遺失した記録はありませんでした」

「内廷で官吏がつかう油はきちっと帳簿がついてるからな。出元はやっぱり妃嬪だろ」

妃嬪は大量の灯燭をつかう。消費量が多い上に、妃嬪に帳簿の不備を指摘する者がいないため、記録は笊だ。

「後宮で油をもっとも消費しているのは昭陽殿だ」

「言いたいことはわかりますが、あるいは各所から上手く少量ずつ集めたかもしれません。ただ、放火が金剛によるただの憂さ晴らしであるという可能性はかなり低いと推察しています」

金剛とは、火付けをしたと思われる宦官の名だ。火付けをしたのちに、みずから首をくっている。

「だろうな。金剛の所属は八区だ。ほかにいくらでも適した建物があるにもかかわらず、わざわざ掖廷獄を選んでいることからして間違いないだろ」

「華允は火事場泥棒がしたかったのではという案を出していましたが、これももっと適した建物がありますから、有力なのはやはり囚人の殺害目的ですね。ただ調べたところ、獄中には金剛とかかわりのある人物は投獄されていませんでした。やはり何者かに指示をされて放火に至ったと考えるのが妥当だろうと思います」

「で、金剛に指示を出した黒幕は、八区の張傛華とみるか？」

「張傛華は梅婕妤とかなり親しい妃嬪ですから、そう決めつけたい気持ちはわかります。が、まず一足飛びで黒幕を考えるのはやめましょう。ひとつひとつ慎重に吟味するのが確実です」

「といっておまえ、もうじきひと月経つぞ」

ひと月というのは大げさで、まだ二旬ほどだが、痛いところをついてくる。

「それに死体はどうなった？」

金剛の死体は、宮中における自害の罪から西の荒野にうち捨てられた——はずであった。

ところがのち、延明が魂胆をもって埋葬してやろうと手配をしたときには、すでにゆくえ知れずとなっていたのだ。火付けについての疑いが出るよりまえの話だ。

「点青、覚えていますか？　金剛の死体が見つからなかったという話をしたときのことを。あのとき私は、だれか親しかったものが憐れんで、埋葬の手配をしてやったのだろうと軽く考えていました」

「あったな。小海が大枚はたいて大海を埋葬してやったりしてたからな、あのときは。いやちょうど掘りおこされたころだったか」

「ええ、しかし金剛には友人のたぐいがいないようなのです。罪人の埋葬にはかなりの裏金が必要ですが、出す者がいない」

「だれも埋葬してないか。じゃあ荒野にあるはずだが、見あたらないんだろ？　意味がわからん。死体はどこに飛んで行った？」

わかりません、と延明は正直に答えるしかない。

「簡素な棺につめて西の荒野まで柩車で運んだと、奴僕たちの証言はとれています。捨てた場所もはっきりとしていますが、やはりその周辺からは痕跡ひとつ見つかりませんでした」

「野犬に食われた可能性は？」

「野犬に限らず、動物はかならず痕跡をのこします。棺や衣服までは食べませんからね。それがのこっていないという事は、人の手によるすべです。念のため、城外の土坑、無縁死体を遺棄する集団墓地なども調べさせてはいますが、いまのところ成果はありません」

「死体が見つからないのがまさに、火付けには黒幕がいるって証左じゃないか。隠した者がいる」

「断定するのは尚早です。死体を薬の材料にする医者もいるとききます。そういったなにかべつの目的で持っていかれた可能性もあるでしょう。それらは現在調べている最中です」

それに、と延明は思う。どうも腑に落ちない。

火付けが金剛のしわざであり、金剛に指示をした者がいたとして、金剛はなぜ自縊死をせねばならなかったのか。

金に困っていた金剛のことだ。火付けは報酬に釣られてのことだろうと思われる。指示をする方も、口止めのための金子をかならず支払うはずだ。

だからこそ、なぜと思う。

なぜ、報酬を得たあとに死なねばならなかった？

大金を受けとり火をつけ、その足で自縊死に向かったことになってしまう。行動が矛盾してはいないだろうか？

調べたところ、金剛は放火の罪を苦にして自害をするような、そんな殊勝な人物ではないのだ。

――まさか、自縊死ではなく、口封じのための殺人だった……？

桃花の検屍が間違っていたのだろうか。いや、まさかそんなはずはない。

頭のなかで否定はしたが、釈然としない思いはいつまでも胸のなかでくすぶっていた。

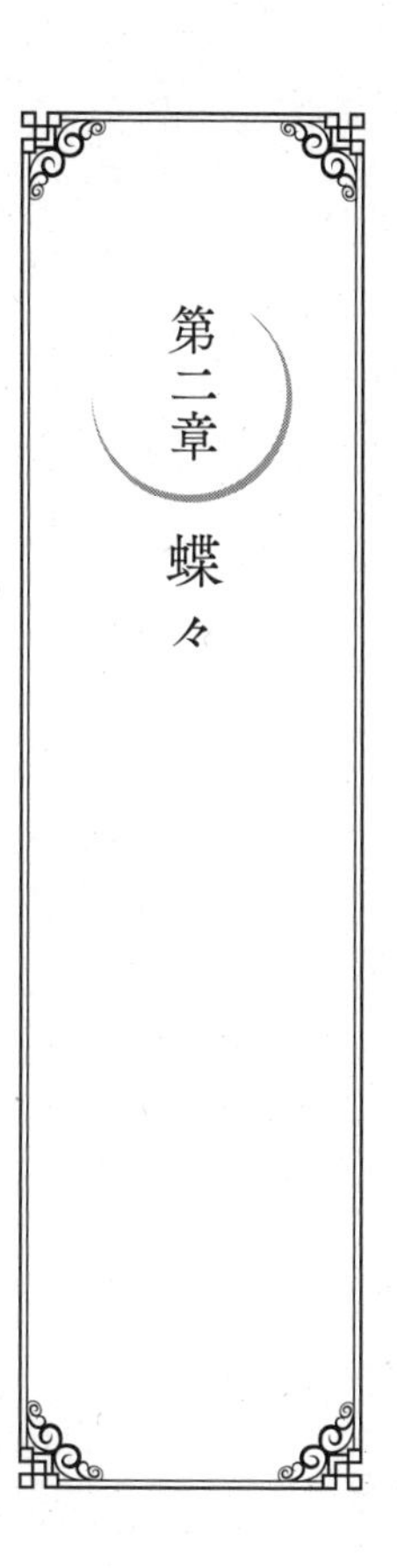

# 第二章　蝶々

「あ、蝶!」

見て、と声を上げたのは才里だった。

白い雲のひろがった空。才里が指さすさきを真っ黒な蝶が舞っていた。手のひらほどもありそうな大きな蝶で、その漆黒は絹のような光沢をまとっている。羽ばたきは、ばたばたと音がきこえるほどに力強い。

桑摘みをする女官たちの頭上を翔び、蝶は一本の大きな桑の木へと舞いおりた。低木化させていない、挿し枝を採るための大木だ。

黒蝶は樹液に集まっていた先客らを蹴散らして、その一等席を陣取る。才里は感心してそれを見ていた。

「蝶って可憐に見えてけっこう逞しいのね」

だねえ、と同意するのは紅子だ。女官選びの結果はまだだが、選考に出ただけで満足したのか、すでに化粧や髪形はいつもどおりにもどっていた。

「それにあたし、蝶ってやつは花の蜜を吸うもんだと思ってたよ」

「蝶にもさまざまいるのですわ。蜜を吸うもの、樹液を吸うもの。それに蚕などは羽化したあと一切食事をとりませんし」

蚕は幼虫のあいだ、昼夜を問わず桑の葉を食べつづける。しかし成虫となると一切の食事を口にしない。ただ繁殖をするためだけに繭から出、交尾のあとは数日で死ぬ。背に翅(はね)こそあるが、大空を一度も舞うことのないまま天寿を全うするのだ。

だが才里はいやそうに顔をしかめた。

「やだ、蚕と蝶をいっしょにしないでよ。見た目がぜんぜんちがうじゃないの」

「蚕はもふもふとしていて、とてもかわいらしいと思うのですけれども」

それに蚕は人の手がないと生きていけない生き物だ。幼虫は枝を登って葉を食べるという、自力で生きるのに必要最低限な力すらも持たず、成虫になっても飛べないために人が介在しないと交尾すら為(な)し得ない。これほど無力で儚(はかな)く、可憐な生き物がいるだろうか。

「蛾がもふもふでいったいだれがよろこぶってのよ。くらべて、ああいう蝶は優雅でうつくしいでしょ。ちっちゃい蝶はひらひらとしてて、それこそまさにかわいらしいわ」

「生家に甌柑(おうかん)の木があったので、わたくしにとって蝶は害虫という認識が」

「なに、じゃあもし回青園(かいせいえん)に入れたとしても、あんたは『害虫ばっかり飛んでますわ』とか思うわけ？　美を愛(め)でる心がないわー」

回青園は後宮に面した禁園のひとつだ。橘や橙をはじめとする柑橘の木が植えられており、それらを産卵木とする鳳蝶の楽園となっている。延明に呼び出されて散策したことがあるが、たしかにあのとき桃花は蝶の幼虫を退治していた。

「この蝶も回青園からくるのかねえ」

悠然と樹液を吸う黒蝶を見あげて、紅子が言う。

ちがうと思います、と桃花は答えた。

「この蝶はアゲハではありませんので、柑橘にはつかないのです。おそらく回青園に隣接する御用林の朴樹から飛んでくるのかと」

内廷には帝の器物を作成する官署があり、御用林はそれらの材料を確保するために管理された場所である。回青園とは直接繋がってはいないが、蝶は飛べるので自由だ。

「ずいぶんくわしいな。米粒猫は鼠よりも蟲が好きなのか」

声をかけてきたのは亮だ。繭の毳を回収しに蚕房へきたようで、綿のようなふわふわが山のように盛られた籠を背負っていた。強面の亮がそばへやってくると、近くで桑摘みをしていた女官たちが怯えたように離れてゆく。

「猫は鼠でも獲っとけ。だいじな蚕をかじられるぞ」

「べつに特段好きなわけではありませんわ。蟲にはくわしいほうが役立つので、学んだだけです」

「蟲がなにに役立つ――って、おまえ、なんだそのふしだらな襟もとはっ！」

急に大声を出されて、桃花をはじめ、才里や紅子までも肩をすくめた。

「うっさいわね」

「ふしだらってなにさ、暑いんだからしゃーないだろ」

空は雲が覆ってこそいるが、風がなく、湿度が高くて蒸し暑い。汗がふきだして止まらないので桃花たちは耐えかねて、深衣をかなり着崩していた。

「暑いからと言って……馬鹿か！　米粒やはりおまえ、宦官が相手ならどうでもよいと思っているな！」

「涼しくしているのは、わたくしばかりではないのですけれども」

なぜ自分だけ怒られるのか、理不尽だ。

「ばかね。あたしたちはともかく、桃花はたとえほんものの男をまえにしたってこうよ」

「物を知らない生娘か。ここが墻垣の外なら男に襲われてるぞ」

「あら、こうみえて案外たくましい子だから、泣き寝入りするほどおぼこじゃないわ。相手の急所を握りつぶすくらいはするわよ。ね、桃花」

「ひとは陰嚢を握りつぶされると、激痛のあまり歯が上下脱落するほどに食いしばってのたうち回り、悶え死にます。そのあまりの苦悶は、脳天も真っ赤に出血をするほどで」

「おまえ、けろっと恐ろしいことを……。それにここは禁中だ。襲ってくるとしたら宦官だぞばかが」

「宦官でしたら訴え出れば女官の勝ちですのに、そもそもそのようなことするでしょうか」

　禁中の女官はすべて帝のものだ。太子であろうとも手を出すことはゆるされない。宦官と女官の恋、あるいは対食になるといった行為はあくまで水面下での話なのだ。

　だが亮はそれを鼻で笑った。

「ふん、襲ったあとで殺してしまえば訴え出ることもできないな。どうする？」

「それは困ります」

　殺されたら、後宮の外には出られない。いやちがう。出ることはできるが、行き先は墓地だ。それでは意味がない。そう考えると自然と眉がさがる。

　才里は逆に眉をつり上げて、亮の尻をひっぱたいた。

「なに勝ち誇った顔してんのよ！」

「そうさね。あんたは現時点で桃花にすべて負けてるだろ」

「なんでだよ」

　ふたりの迫力にたじろいだのか、亮は「じゃあな」と言って去っていく。

ただ去り際に、桃花の笊になにかを投げ入れていった。

「これは……」

いつか頼んだ、貝の帯飾りだ。桃の花が描かれ、緑の組みひもが垂れている。

「やっぱり負けてるじゃないか」

あきれたように紅子が言い、「はーもう仕事仕事」と才里が仕切り直す。

桃花は飾りをさっそく帯につけ、あくびでぽろぽろと涙をこぼしながら、ぼんやりと考えた。さきほどの亮の問いだ。

――もし、殺されたら……？

もしの話だがそうなった場合、桃花の検屍はいったいだれがやってくれるのか。正直、不安でしかない。延明はきちんと調べてくれるだろうが、いかんせん、宮廷の検屍術は心もとない。

「こら桃花、目をあけたまま寝るんじゃないの！」

「寝ていません。こんなところでは、おちおち死ぬこともできないなと思っていたのです」

「はあ？　寝ぼけてないで、早くこっちきなさい！」

才里のあとをついて行きながら、空を見あげた。

故郷までつづく空は、どんよりと灰色の雲に覆われていた。

＊＊＊

死体を漁って使用した者がいないか、京師とその周辺の薬舗を調べていた者たちが帰還した。

持ち帰った調査結果は、該当なしである。

棺を盗んで再利用した者がいないか、これも墓夫に調べを遣わしたが、やはり該当なしであった。念のため、金剛が遺棄された時期に『宝』のない宦官の死体を見ていないかも聴取したが、心あたりがないという。

午を報せる鐘をききながら、報告書に目を通した延明は、組んだ手のうえに額をあずけるようにして黙考した。

やはり金剛の死は他殺であり、再検屍を恐れた何者かが持ち去り、いずこかへとわからぬよう遺棄してしまったのか？

――死体は、このまま出てこぬかもしれぬ。

それを危惧する。

京師の南には山があり、北には大河がある。遺棄できる場所などいくらでもある。

それに夏だ。発見できたとして、すでに再検屍が不能なほどに腐乱している可能性も高い。せめて土中深く埋めていてくれればと思うが、それならばなおのこと発見はむずかしいだろう。

「……華允、出かけます。供はいりません」

顔をあげ、延明は席を立った。

桃花に訊いてみるしかない。金剛を検屍し、自縊死であると鑑定を下したのは彼女だ。検屍結果を疑われて桃花はいやがるかもしれないが、死体になにか気になる点はなかったか、万が一だが、自縊死への偽装につながるなにがしかを覚えている可能性もある。

まず極秘に織室令の甘甘を訪い、桃花を連れだす手はずを整えなければ。いや、向こうで室を用意してもらい、接触したほうが早いだろうか。思案しながら踏み出したとき、ちょうど副官の公孫がやってきた。

その表情から、あまりよい報告ではないと察しがつく。

公孫は延明のまえで拱手するなり「掖廷令、大変です」と告げた。

「いましがた、十区の帰蝶公主がゆくえ知れずであるとの報せが」

「帰蝶……ああ、亀兆公主ですね。詳細を」

延明は立ったばかりの席へともどった。

亀兆公主は生まれて七年、数えで御年八歳、帝の娘である。蝶が好きであることから、周囲には帰蝶と呼ぶよう幼いころに命じたときいたことがあった。

母親は披香殿（ひこうでん）にくらす諸葛充依（しょかつじゅうい）と言い、諸葛が姓、充依が階級をあらわす。もとは八区に暮らす張傛華（ちょうようか）の女官であった女だ。

「は。帰蝶公主ですが、本日の朝、散策にでかけ、披香殿のまえまでもどってきたところで、お付きの侍女が転倒。そのすきに突如猛然と走りだし、ゆくえ知れずとなったとのことであります」

「猛然と走りだした？」

延明はあきれた。

相手は八歳の少女である。延明の童子とおなじ歳であり、これが全力で走りだしたとして追いつけない大人があろうか。

「所詮（しょせん）、なにかよそ事をしていたすきに見失い、咎（とが）を逃れるために言い繕っているにすぎないのでは？　それを年端もいかぬ子どものせいにするとは、情けない」

そればかりか、相手はこの国の貴き公主である。

しかし公孫は「それが……」と困惑を見せる。

「たしかに信じがたいほどに情けない話なのですが、必死に公主を追いかけて走る侍女の姿を目撃していたものが数名おりますようで」

「その者たちも追いかけたのですね？　で、子ども相手にどうにもならなかったと」

なお情けないではないか。

「……いや、待ってください。見失ったのは朝といいましたね」

現在、すでに午をまわっている。正刻の鐘が鳴っていた。

「じつは、帰蝶公主は昨年も似たような騒動を起こしております。侍女をまき、お姿を隠されたことが」

その際は丸一日が経ったのち、十区の植栽のなかでじっと身をひそめているところを発見されたのだという。

「ですので、今回もどこかに隠れてらっしゃるのかと思い、数名でこのときまで捜していたとのこと」

「数名でとは、子どもの体の小ささと十区の広さを勘案していませんね。愚かにもほどがある」

「あまり大きな声では申せませんが、前回ほかの妃嬪らから『できそこない公主が迷子になったくらいで騒ぐな』とにらまれた経験がそうさせたようです」

「できそこない、ですか」

耳にしたことはある。帰蝶公主は言葉を失い表情を失った、おかしな公主であると。

延明は中宮仕えであったため詳細まではわからない。

「それで昨年の迷子――ちがいますね、お隠れ騒動とでも命名しておきましょうか。

その理由というのは?」

「それが、押し黙るのみでなにも答えてくださらず……。母である諸葛充依のほうもまるで無関心といったありさまで。このおふたりですが、親子仲は壊滅的と表現しても差しつかえないかと」

「なるほど。しかし丸一日を外でとは、尋常ではないと思うのですが」

「畏れながら、本人がなにも言わず充依さまも無関心とあっては、当時それ以上われわれにできることはなにもありませんで」

なるほど。ずいぶんとわけありのようである。

「ではとにかく、急ぎで人員を派遣しましょう。ご自分の意志で隠れているにしても夏ですから、なにかあっては大事です。手をあけられる員吏すべてに――」

「掖廷令、それが……諸葛充依が非常に厭うので、少人数でしずかにたのみたいとのことでして」

延明は思わず天井をあおいだ。

呆れて言葉が出ない。できそこないと言われても、帰蝶は一国の公主である。

――たしかに大家は存在すら記憶していないかもしれないが……。

今上のお子は皇子がたったの三人。しかし公主はいくらでもいるのだ。

「先方は五人ほどを希望しております」

「十区の広さをなんだと思っているのでしょう……。では、十区に五人、隣接する区にそれぞれ十人ずつ投入しましょう。なお、捜索中に道に迷って十区に迷いこんだとしても不問とします」

「承知しました」

延明が言いたいことを理解したのか、公孫が口元にかすかな笑みを浮かべた。

「それと各殿舎にも通達を出して協力をあおぎます。公孫はさきに十区へ」

公孫が出立すると、延明は華允に筆を執るよう命じる。急ぎ手分けして文書を作成しなくてはならない。

自身も木簡へと筆を走らせようとしたところで、ふと、華允の様子がおかしいことに気がついた。

おかしいというか、ずいぶんと神妙な顔で几に向かっている。

「華允？　具合が悪いのですか？　それとも腹が減りましたか」

「公主さまはきっと逃げたんだと思います。捜さないほうが、きっとやさしいって思います」

思いもしない言葉に目をみはる。どういうことかと尋ねかけ、思い出した。

「……失念していました。おまえは十区にいたのでしたね」

華允を虐待し、捨てた師父は十区披香殿の宦官であった。

「はい。おれ、燕年さまが腰斬刑となったあとは、ずっとそこで」

「裏で休んでいてかまいませんよ。顔色が悪い」

しかし、華允はぎゅっと手に持つ筆を震わせた。

「延明さまは子どもにけっこう甘いと思います。それにおれ、もう十六です」

「泣きそうな顔で子どもではないと主張をされても、説得力がありません。それに加冠は二十歳ですからじゅうぶん子どもでしょう。せめて、もうすこし身長をのばしてから強がるのですね」

「公主さまは酷遇されています」

華允がはっきりとした口調で告げた。だが、こちらに向けた生意気そうな顔にはやはり、強がりと怯えが見え隠れしている。十区での暮らしは思い出すのも苦痛なのだろう。

「公主さまはひどく髪や衣服が汚れていたり、乱れていたり……食べものもきっと満足にもらえていないんです。公主さまだけじゃない。披香殿はそういうところで……一部のひとをのぞいてみんな奴隷、奴隷はみんな溝で玩具で――」

「わかりました」

みるみる声が震えていき、それ以上言わせたくなくて延明は立ちあがった。

甘いと言われればそうなのかもしれない。延明にはかつて、たくさんの弟がいた。

妹がいた。ひとりのこらず冥府へと旅立ってしまったが、華允は生きている。生きているものを甘やかして、なにが悪いか。

「その件は私が調べましょう。おまえは文書をたのみます」

「延明さま、おれもお供します！」

「きこえませんでしたか？　文書を命じたのです。おまえが席をはずしたら、いったいだれがそれを書くのですか。ついでに留守も頼みましたよ」

でも、と言い淀む華允を置いて、掖廷署を出た。


点青と鉢合わせたのは、その後、後宮十区に向かっている途次のことだ。

「点青、ここでなにを？」

呼び止めたのは、彼がくぐろうとしていたのが八区の門であったからだ。宦官をずらりと従えている。

「公主がゆくえ知れずだってきいてな。かこつけてあちこちに部下をぶちこんでおこうかと。これから八区に邪魔するところだ」

後宮八区、その主要殿舎である蘭林殿は、張傛華にあたえられている。梅婕妤と近しいので、さぐりを入れておきたいのだろう。

「しかしあなたがみずから出てきたのでは、目立ちすぎるでしょう」

「俺は目立ち係り。注目を集めてるあいだに部下たちがコソコソやるからいいんだよ」

「コソコソですか」

「そ。夜警でたらしこんだ女に接触したり、娘娘(ニャンニャン)の護符をばらまいたりとかな。こないだ梅婕妤のとこで使ったやつがあまってるから、もったいないだろ」

「護符ですが、あまり数を撒(ま)かないほうがよいですよ。大大的にやるとこれに目をつけ、ニセモノを作成して小銭を稼ごうと考える輩(やから)が出ないともかぎりません」

　言うと点青はからからと笑う。

「娘娘の品を複製するなんて、そんな地獄を見たいやついるか？」

「いつの時代も欲望というのは地獄の前後にあるのです。だから転落する者が後を絶たない」

「なるほどな。だがまあ、心配いらないだろう。複製防止のために娘娘の花押(かおう)が入ってるわけだしな」

　言いつつ、延明(えんめい)を連れて門をくぐろうとする。

　十区に行くところなのだが、と延明は思いつつ、ついて行くことにした。八区もまた、ないがしろにできないのも事実だ。帰蝶(きちょう)公主をさがすのと同時に、その周辺情報も理解しておきたいという思惑もある。公主に無関心だという諸葛充依(しょかつじゅうい)は、八区張傛華の女官であった女だ。

八区は、つつじの植栽がみごとな区域だった。各殿舎へと向かう小路にどこまでも豊かな緑の植栽がつづいている。花の季節はそれはもううつくしかろうと感嘆した。

「延明さま？」

声をかけられたのは、点青の部下たちがそれぞれ散ったあとのことだ。張傛華の蘭林殿のまえで、まだ十代半ばほどの年若い女官に呼び止められた。

夜警で曹絲葉の死体を発見した女のひとりだ。たしか、亜水といったか。

「これはどうも。じつは朝から帰蝶公主のお姿が見あたらず、さがし歩いている次第なのですよ」

「まあ、掖廷令みずからですか？」

「早くみつけて差しあげなければと……なにせ公主はまだ八つであらせられる。心あたりなどはありませんか？」

心痛な表情をつくり、亜水のそばに寄る。点青と延明、〝中宮娘娘のお気に入り〟といわれる整った容貌のふたりにはさまれ、娘はわかりやすく頬を染めた。どぎまぎと一歩をさがろうとしたところを、さりげなく背に手を添えて阻む。

「あの、わたしは、なにも」

「昨年もお姿を隠されたことがあったとか。いったいどうされたのでしょう？　なにかよほどのことがと推察するのですが」

娘の視線が泳いだのを、延明は見逃さなかった。

「あぁ、このようなところではあなたも話しにくいでしょう、どうぞこちらへ」

にっこりと笑み、亞水の立場を案ずるていで、植栽の陰へとふたりでたちどころに連れ込んだ。

「…………」

周囲から隠れるように身をひそめると、いっそうたがいの顔が近い。亞水は酩酊したように目をうるませ、両手で頬をおさえながら口を開いた。

「……あの、わたしが話したということは、どうぞご内密に」

「心得ていますよ」

「帰蝶公主は、母に捨てられた公主なのです」

「捨てられた？」

「だって、こんなことを申してはいけないのかもしれませんが……」

言い淀むので、大丈夫ですよと耳朶にささやいた。

「……女主人よりもさきに懐妊して、よろこぶ女官がいましょうか……。いえ、きっといるのでしょう。けれども、諸葛充依は望んでいなかったときいています。わたしがおなじ立場でも、のぞみません」

母親である諸葛充依は、高級妃嬪である張傛華の女官であった。女官といっても侍女ではなく、雑事を預かる者のひとりにすぎなかった。それがたまたま帝の目に留まり、僥倖を得て公主を出産したのである。

「張傛華さまは家格の高い出の妃嬪ですので、身籠らずとも第四級をいただけておりますす。けれども逆に申しますと、これはかならず懐妊せねばならない立場でもあるのです」

たしかに、と延明は思う。

張傛華の秩石は真二千石で、三公に比肩するものだ。これは破格だが、寵愛をほぼ独占してきた梅婕妤の存在が大きいせいか、あまり子がないことを気に留めたことがなかった。

だが張傛華としては高位をいただきながら子をなさぬなど、生家に対しても、また後宮すべての女官に対しても、女として面目が立たぬのかもしれない。

「みな当時、それを肝に銘じてお仕えしていたときいています。いまは梅婕妤とのおつきあいがありますので、心構えがちがいますけれども……。それであるのに女主人をさしおいて、ふたりも懐妊してしまったのですから、ゆゆしきことであったと」

「ああ、関充依ですね」

諸葛充依とおなじく、十区に暮らす関充依もまた、張傛華の女官であった。

ふたりはおなじ時期に僥倖を得、おなじ時期に公主を出産している。

「はい。しかも時期がまた問題であったのです。ふたりとも梅婕妤が懐妊中の僥倖でしたので……その、あまりよろしくなく」

「女主人であった張傛華、そして梅婕妤、このふたりの高級妃嬪ににらまれることになり、非常に立場が苦しくなったというわけですね」

亞水はこくりとうなずいた。

「いまもお赦しはいただけず、後宮内でなにを買うにしても梅婕妤らの宦官たちがあいだに入り、陰湿に値をつりあげるのだそうです。おかげで暮らし向きは大変苦しく、夏は羅を仕立てるのも容易ではなく、冬には炭もゆき渡らないときいております」

なるほど、もとがただの雑事女官では、家からの支援もあるまい。

「公主はそれで母君にうとまれ、捨てられたと？」

亞水はふたたびうなずき、肯定した。

「すべては懐妊からはじまったことですので……帰蝶公主は非常においたわしい不遇なお立場にあります。耐えかねてお隠れになるのも、道理であると」

憐れだな、と点青がつぶやく。同意以外にない。公主にはなんの罪もないだろうに。

「なお悪いことに――」

つづけてなにかを言いかけたとき、キャンキャンという甲高い犬の鳴き声がきこえた。

言葉を切り、血相を変えて立ちあがる。

「梅婕妤です……！」

こんな場面を見られでもしたら困ると、亞水はあわてて去って行った。

延明たちも植栽から出た。犬がいたのでは、分が悪い。どうせかち合うならば堂々としていたい。

薄石舗装の道を、ふわふわな毛並みをした短吻の犬が転がるように駆けてくる。うしろをやってくるのは亞水が言ったように、侍女を引き連れた梅婕妤の輿。その後ろには張俗華の輿だ。

脇に退け、深く揖礼してこれを待つ。

延明たちのまえにくると速度をやや落としたので、あらためて礼をとった。

「梅婕妤、ごきげんはいかがでございましょうか。先日は――」

「宦官とは臭ううえに、うるさい」

延明のあいさつをさえぎり、深く深く垂れた頭のうえに嘲笑が降る。

すぐに輿がもとの速度をとりもどし、悠然と去っていった。

「……くそっ！」

姿が見えなくなってから頭をあげ、点青が毒づいた。

「無視して通りゃいいだろうがっ！　わざわざやることか？　だいたい、てめえの輿を運んでるのも宦官だろうが」

「よほどわれらの存在が目障りにうつったのでしょう。相手を不愉快にしてやっただけ溜飲がさがると、そう思うことにしましょう」

延明とて、宦官への侮蔑に羞恥と怒りがこみあげる。だがおそらく、さきほどのは警告なのだ。早く八区を出て行け、との。

「また娘娘の足手まといになるまえに、退散しておきましょう」

「またっていうなよ。傷つくだろ」

点青は文句を言いながらも、蘭林殿には近づかないよう部下たちに伝令を出す。

「それより、さきの犬ですが」

「あれけっこうかわいかったな」

「露ほどにも思いませんでしたが、まだ仔犬でしたね」

隣接する十区へと向かいながら話す。「そうか？」と点青は首をひねった。

「椒房殿に鳥はたくさんいるが、犬は見ないからわからんな。あの毛むくじゃら、番犬ともぜんぜんちがうしなぁ」

「鼻が短く、目が大きい。あれは宮廷でのみ愛玩されている観賞犬です」

食えないのか？　などと点青がおそろしいことを言う。あれを煮て食いでもしたらよくて梟首ものだ。

「点青、幽鬼は犬をきらうという話を知っていますか？　犬は幽鬼除けのために急ぎ入手したものかもしれませんよ。曹絲葉が梅婕妤に護符を渡そうとしたこととあわせて考えても、やはり梅婕妤は幽鬼をそうとう恐れているようです」

「いい気味だな。……だが、なんか変だな。梅婕妤は李美人の死には関与してないじゃないか。なんでそこまで死王の復讐を恐れる？」

「ええ。そこが多少気にかかるところです」

李美人をいじめていたという引け目があるだろう。もともと怖がりでもあるという。だが、それだけだろうか。曹絲葉の行動も微妙に気になるところだ。敵である皇后の護符の入手を考えるとは、よほどであるが――。

延明が思考をめぐらせようとしたところで、点青にわき腹をつつかれた。

「なんです」

「なんかあれ、揉めてるんじゃないのか？　おまえのところのやつらだぞ」

十区の門をくぐり、しばし歩いたころだった。

点青の視線を追うが、彼の青い目は常人よりもよほど遠くまでを見渡せる。延明の肉眼ではよくわからないので、点青に先導をしてもらった。

ほどなくして見えてきたのは、妃嬪らしき女性とその侍女たち、そして頭をしきりに下げているのは点青が言ったとおり、公主捜索に出した掖廷官たちだった。

「これは、いかがなさいましたでしょうか」

すり足でその場に躍り出て、そのまま揖礼をささげる。延明の登場に、掖廷官たちはさっとその背後に下がった。めんどう事はさけたいのか、点青までもがしれっとそれにまざっている。

「……あら、もしや中宮の狐精？」

宦官になにごとか詰め寄っていたのは、この十区にて暮らす関充依だった。

関充依は延明を認識するなり、ぱっと目を丸くする。

「いまは掖廷令を拝命しております、孫にございます」

「そうそう、孫延明。有名だもの知っているわ。顔を見せてくださらない？」

顔を隠すようにかかげていた揖の手をおろす。しげしげと延明の顔をながめるので、こちらも微笑みながら、さりげなく相手を観察した。

関充依は、さきほど亞水という女官の話にも出てきた妃嬪だ。

諸葛充依とおなじ境遇を経て十区で暮らすようになった妃嬪で、年のころは二十代後半。後宮においては特に飛びぬけた美貌というわけではないが、表情が豊かで明るい印象をうけた。

ただ、やはり暮らし向きはきびしいのか、身に着けているものは非常に地味な襦裙、髻は花で飾っているが、簪は細い銀製のものが一本つかわれているのみである。

関充依はとてもうれしそうに、ぽんと手をたたいた。

「ほんとうにきれいなのねえ！」

「ご満足いただけましたでしょうか」

延明は艶然と笑み、その視線を流れるように部下たちへと向ける。

「して、私の部下たちが関充依さまになにか粗相を？」

問うと、関充依はなにかをねだるように両手を胸のまえで合わせ、にっこりと口角をあげる。

「ごめんなさいね、あまりにうるさいものだから。こちらは暑くて気が滅入っているというのに、できそこない公主が迷子となったくらいで騒ぐものではないでしょう？　だからやめるようにと命じていたところだったのよ」

「……左様でございましたか」

なるほど。公孫が言っていた、昨年のお隠れ騒動の際に「騒ぐな」と文句をつけた人物というのが、おそらく彼女なのだろう。

「あなたからも命じてくださらない？　ほんとうにいやなのよ。これから午睡の時間だもの」

「承知いたしました。関充依さまにはご迷惑をおかけしないよう、きつく申しつけておきます」

ひとまずこの場を収めるために適当なことを言う。関充依が満足そうな表情を見せたところで、「お母さま!」と呼ぶ声があった。

どこからきこえたものか、首をめぐらせる。近くの植栽からひょっこりと顔を出してみなをおどろかせたのは、闊達そうな女児だった。関充依を母と呼ぶのだから、この子どもが白鶴公主なのだろう。

「いやだわ。葉っぱなどくっつけて、なんて不潔な子」

関充依は、わが子の汚れた姿を見て眉をあげた。

「だって、帰蝶公主をさがしていたのですもの」

ふてくされたように白鶴公主は口をとがらせる。だが関充依は一層いやそうに表情を歪めた。

「どうしてそのような余計なことをするの。やめてちょうだい。それにできそこない公主とは遊ぶなと、なんども言っているでしょう。遊んでいる暇があるのなら箜篌の練習でもしなさい」

おまえたちもよ、と公主に随っていたふたりの侍女にもきびしい目を向ける。関充依がよほど恐ろしいのか、侍女たちは顔色を失って頭を下げていた。

「箜篌よりも乗馬のほうが、わたくし楽しいと思います」

「なんてことをいうの。あなたは公主なのよ? 周囲になにかひとつでも秀でたものを認めさせれば、よい降嫁先だってみつかるの。いまのような状況から脱することができるのよ。すべてはあなたにかかってるって、きちんとわかっているの？」

「でも」

「反駁をするつもり？」

関充依がぴしゃりと言うと、白鶴公主がうつむく。

失礼、と延明は口を挟んだ。

「公主さまは、帰蝶公主とよく遊ばれるのでしょうか？」

問うと、白鶴公主はきょとんと瞬いた。横から充依が、「中宮の狐精よ」と補足する。公主は目を輝かせた。

「お母さまが宦官なんてみんな家畜だと言っていたけれど、こんなにきれいな宦官もいるのですね」

純粋な無邪気さで言い放ち、笑み崩れる。

「もしかして、帰蝶公主が行きそうな場所をききたいですか？　でも花園ならさがしてきました。いませんでしたけれど」

「なんと。力不足なわれわれに代わり、ありがとうございました。参考までにうかがっておきたいのですが、この十区での心あたりなどはどうでしょう？」

公主は披香殿のまえで見失われたのだ。蝶好きの公主ではあるが、侍女らを振り切って駆け、逃げ込む先としては花園は距離がありすぎる。見当をつけるならば、十区とその周辺だ。

だが、白鶴公主はすこし考えこんだあと、首をふった。ほかは特に心当たりがないらしい。

関充依(かんじゅうい)は午睡の邪魔をせぬよう延明に念を押し、公主を連れて殿舎へと帰って行った。

その後ろ姿を完全に見送ってから、関充依の殿舎周辺はなるべくしずかにまわるよう言い、掖廷(えきてい)官たちを再度捜索にあたらせる。

点青(てんせい)がやれやれと肩をすくめた。

「公主をさがすのは『余計なこと』だそうだ」

「帰蝶公主のことも、堂々とできそこない呼ばわりをしていましたね。なかなか増長した人物のようです」

公主同士はすくなくともつき合いがあるようだが、関充依は帰蝶公主をよくは思っていない様子だった。もしかしたら、関充依と諸葛充依自体が不仲なのかもしれない。

――おなじ時期に子を産めば、親しくなれそうなものだが……。

おなじ境遇であるぶん、たがいを見比べ、意識をしすぎてしまうのだろうか。

そのようなことを考えながら、足早に来た道をもどる。ようやく延明が当初に足を運ぶ予定であった披香殿が見えてきて、一息をついた。

が、門をくぐろうとしたところで、はっと眉をよせる。

「なんだ、いまの。悲鳴か？」

点青も困惑の表情だ。披香殿の敷地内から、赦しを乞うて叫ぶような声がきこえていた。

まさかと思いつつ院子へと踏みこむと、その声はいっそう鮮明にきこえる。さもあらん、裸に剝かれた女が几に縛られ、幾度も笞で打たれていた。

「……打たれているのはだれですか」

近くにいた小宦官にたずねるが、華允とおなじ歳ごろをした相手の顔を見て、また深く眉をひそめた。ひどく痩せこけ、見える肌は潰瘍だらけとなっている。目にも力がない。満足な食事にありつけていないのだと、ひと目でわかる。

周囲を見たが、宦官らはみな同様にこけた頬をしていた。女官はそれより状態がよいが、だれもが一様に暗く、疲労の濃い顔つきをしている。足をひきずりながら労働についている者もいた。

その中ででっぷりと肥え太っているのは唯一、殿上から院子を睥睨する中年の宦官のみだった。

「おや、これは掖廷令」

肉に埋もれた小さな目がこちらを見た。序列では延明や点青のほうがはるか上にあるが、垂れきった身体が邪魔をするのか、緩慢なしぐさで階をおりてくる。童子らをしどけなく侍らせているのには、心の底から吐き気を催した。

点青が脇で、「こいつを無礼討ちしてやろうか」などというので肘で突いておく。皇后に近い宦官がそれをやっては、評判に関わる。なによりいまは無用な騒ぎはさけておきたい。やるなら後日、ひそかにだ。

「あれはだれが、なんの咎にて打たれているのです?」

いつもの穏やかな微笑みを張りつけて、延明は尋ねた。

女官の監理は掖廷の仕事であるが、女主人が個人的に懲罰を加えることは禁止されていない。暴室送りにするまでもないこと、また、暴室に送ってしまうと逆に困るような案件では、こうして私刑をさずけることが多い。あるいは、みずからの手で懲罰を加えたいときなどもそうだ。

「お見苦しいところをお見せしました。あれは帰蝶公主の侍女にございます」

「ふん、公主がゆくえ知れずとなった件への咎か」

「おかしいですね。侍女については掖廷に出頭させるよう申しつけてあったはずですが」

公主を見失ったのはあきらかなる不手際である。掖廷にて聴取をし、暴室に収容する手はずとなっていた。

しかし宦官はにやにやとしたいやらしい笑みを浮かべる。

「これがすみましたら、送りましょう」

「聴取ができない状態となっては困ります。いますぐ止めさせよ」

「心得ておりますゆえ、そのようなことにはなりませぬ。笞の加減には慣れておりますゆえ」

肉塊が下賤な笑みを浮かべると、背後の童子たちは顔色を青くして、おびえもあらわに視線を伏せた。……慣れているとはまことなのだろう。不愉快極まりない。

——これが、華允を捨てた師父か。

連れてこなくてよかった。それだけが唯一の救いに思えるところだ。

「諸葛充依はいずこに？」

面会にきたと告げると、のろのろと堂に通される。なかはこれといった装飾品のない、質素な様子だった。風通しが悪く、蒸し暑い。

諸葛充依は牀の上で、けだるそうに脇息にもたれかかっていた。

「なあに？」

視線もくれず、面を伏せる延明たちにそれだけを問う。

延明は揖で掲げた袖から充依をうかがった。歳はさきほどの関充依とおなじ二十代後半であるはずだが、ずいぶんと老け込んで見える。それはすべてをあきらめたかのような、厭世的な佇まいのせいかもしれない。

「とつぜんの来訪をお詫び申しあげます。現在われわれは全力で公主さまのゆくえを捜しており、いち早い発見につながりますよう、母君である諸葛充依さまにどこか心あたりなどなきものかをお尋ねいたしたく、こうしてまいりました次第です」

「いいわ」

「は……？」

「いいといってるの。捜さなくても」

なにがおかしいのか、諸葛充依はくすくすと笑う。

「だって、いてもいなくてもおなじじゃない。できそこないの公主がどこかに隠れていて、だれが困るの？」

「充依さま、なにを……」

「だからさっさとうろちょろしてる宦官たちを引きあげさせてちょうだい。目障りでかなわないわ」

「しかし、隠れているさきで暑気にあたりでもされては」

「没問題。帝もお怒りにはならないわ。賤しいあたしの存在も、あの子の存在も、すっかり忘れているじゃないの。どうでもいいのよ」

あたしもそうだもの、とつぶやく声は、生きることにひどく疲れ果てているようにきこえた。

これが後ろ盾も持たず、きまぐれに一度の僥倖をあたえられた女のひとつの末路だ。

――田寧寧もおなじ道をたどらないとよいのだが。

延明は密かに嘆息する。

そのわきで「失礼ながら」と顔をあげたのは点青だった。

「公主さまがお隠れになるのはこたびで二度目。娘娘は大変憂慮していらっしゃる」

「娘娘が、なんだというの」

それは腹の底から絞り出すような、怒りをはらんだ声だった。細って節だらけになった手が、苛立たしげに几をうつ。

「娘娘は中宮暮らし。後宮とは隔絶されているから知らないのでしょう！　公主を産んだものの苦しみが、太子を産んだものにわかるはずがないわ！　公主がどこへ降嫁するか、運命をにぎっているのは三公よ。三公の筆頭が梅氏じゃないの。梅婕妤のきげんを損ねたら、なにもかも終わりなの！　あたしのことなどだれも助けない！」

ふりまわした袖が、香炉をいきおいよく転がす。灰が舞い、炭が散った。女官らが空気のように気配を消して現れ、慣れた手つきでそれをかたづけていく。

「主上の寵を得ても梅婕妤ににらまれて地獄！　公主を産んでも梅婕妤にこびねばな

らず地獄！　皇子を産めば命を狙われて地獄！　お手がつかなければ生涯ただの籠の鳥！　進むももどるも地獄ばかり！　文句があるなら三公を掌握して後宮を平和にしてから言えと皇后に伝えなさい！」

出て行け！　と命じられ、延明たちは披香殿をあとにするよりほかなかった。

＊＊＊

「どうでしたか？」

盥で顔を洗うと、横から巾を差しだしながら華允がたずねた。

「公主はかならず見つけます。……見つけて終わりにはしませんから、そのような顔で心配しなくともよろしい」

顔をふき、童子が手早くひろげてくれた着替えに袖をとおす。自室で顔をきれいにし、汗でぬれた衣から解き放たれる。それだけですこし疲労が緩和された気がした。

「終わりにしないというのは？」

「諸葛充依による公主へのあつかいについて、正式に上奏します。これまではともかく、私が掖廷令である以上はゆるしません」

たしかに、諸葛充依の叫びももっともだった。中宮は後宮と権威をもって分かたれており、皇后に対する暴言はともかくとして、後宮を梅婕妤に掌握されていたのはまぎれもない事実だった。

皇后だけでなく、延明も帰蝶公主の酷遇を知らず、それどころか、ただのできそこない公主としての評判しか耳に届いていなかった。

――だが、知った以上は放置できぬ。

おそらく上奏には梅婕妤の妨害が入るだろう。諸葛充依が投獄されては、これまでしてきた彼女へのいやがらせも表沙汰になりかねない。

上奏には帝の周辺文書を管轄する中書令、それに中常侍や小黄門らを突破せねばならないが、このなかには梅氏とつながるものも多い。これまで放置されてきたのはそういう兼ね合いもあるだろう。直接面会のできる太子の助力をあおがなくてはならない。

――もし助力を得られずとも、上奏文書が止められようとも、改善はされるはずだ。梅婕妤も巻きこまれてはかなわぬだろう。上奏の件を知ったなら、諸葛充依に対して圧力をもって諫めに行くはずだ。公主の待遇を改善せよと。それだけでもすこしは救いになるだろう。あとはなるべく早く後宮を出られるよう、降嫁について皇后に進言をするしかない。

「暴室のほうはどうですか？」

華允がきいているのは、延明が披香殿から追い出される際、なんとか連れ出して収容した公主の侍女のことだ。彼女の聴取を終え、一旦自室へともどってきたところだった。

延明は首をふる。

「できれば公主が隠れそうなさき、あるいはかくまいそうな相手の名など、なにか心あたりでもきくことができればよいと思ったのですが」

侍女はそんなものはないと言っていた。あとはもう私刑の影響がひどく、うわごとのようなものをくり返してすすり泣くばかりだった。

「おれがなにか知ってればよかったんですが……」

華允が悲痛そうにうつむく。

「おれ、自分のことで手いっぱいで、公主さまの様子がおかしいことは知ってたのに、ぜんぜんそれどころじゃないって思ってて」

「なにも間違っていません。そも、おまえのような無力な者が知ったところで、なにもできません。筋違いな反省は無駄の極みです。あの肉塊にも生まれたことを後悔させてやりますから、楽しみに待っていなさい」

延明さま怖いです、と言ったのは茶を持ってきた童子だ。

怖かろうと思う。なにせ私怨が大いにまざっている。延明も腐刑を受け、それから体が回復するまでの間に筆舌に尽くしがたい凌辱をうけた。あの肉塊のような宦官は、まさにそれとおなじ行為を小宦官や童子たちにふりかざし、享楽にふけっている。おのれのうちに沸きあがる憤怒があり、放置しがたい。ああいったけだものがほかにいくらでもいるとしても、見て見ぬふりをする理由にはならない。

「さて、ではもう一度出てきます」

茶を飲み干すと、一度も座ることのないままに自室を出た。雲が空を覆っていて太陽の位置は判然としないが、急がねばならない。日暮れを迎えてしまう。

「延明さま、こんどこそお供します」

「おまえには滞っている文書の整理を命じます。私がもどってきたらすぐにとりかかれるよう、しっかりとたのみますよ」

捜索には、どうしても十区を出入りせねばならない。肉塊とはちあわせる可能性を考えると、とても連れていけない。

「そうやってのけ者にしないでください」

していません、いやしている、の押し問答をくり返していると、急ぎこちらへ駆けてくる姿があった。公孫だ。

「どうしました？」

一瞬みつかったという朗報を期待したが、表情がそれを否定していた。

公孫は息を切らしつつ礼をとり、報告を口にした。

「さきほど、十区にて捜索にあたっていた掖廷官に、披香殿の女官から接触がございました。侍女が公主をあわてて追っているのを目撃し、朝の捜索にくわわっていた人物です」

つまりはなにがしかの情報提供か。

「さきに申しておきますと、公主のゆくえではありません。ただこの者、公主は侍女から逃げ出したのではないかと主張をしております。侍女はつね日ごろより、公主の食事を抜いたり、無体をはたらいたりをくり返している疑惑があるそうで」

「侍女？　諸葛充依や宦官ではなく？」

「はい。そのように。なので侍女がいるかぎり、もどってはこないのではないかと」

待てよ、と延明は思った。

八区できいた話では、諸葛充依が公主を捨てたのだという話ではなかったか。それで酷遇され、耐えかねて逃げたのではないかと――。

――いや、まだ話にはつづきがあった……。

中断されてしまったが、あの若い女官はまだなにかを言う途中であったのだ。

「公孫、その者を引き留めての聴取を。公主がいなくなった際、目撃したのは侍女をであるか、公主をであるかの詳細を尋ねよ。侍女の話に関して証言していたほかの者たちも同様です」

公孫が拱手し、走ってゆく。

――なんてことだ……！

後悔にさいなまれながら、延明もまた足早に動き出す。手をあげることができる官をつかまえて、これからのことについて指示を出した。

「延明さま、どちらへ？　おれも――」

「華允は、暴室の獄吏に拷問具の用意をするよう伝えておいてください。しかし、まだけっして使用してはならないと」

＊＊＊

「これで終わりだな」

亮が最後の絹地を荷車からおろし、流れる汗を袖でぬぐった。中宮の倉庫に山となって納められたのは、帳用の生地だ。焼失した涼楼の再建後に使用されるものだが、ひとまず建物の完成まではこちらにて保管するのだという。

肝心の建物のほうはといえば、京師とその周辺地域に収容されていた罪人を大量に投入しての工事にて、すでにあらかた仕上がっているようだった。

桃花(とうか)は倉庫を出、亮とふたりで槌(つち)の音響く涼楼を見あげた。

皇后のすまいである椒房殿(しょうぼうでん)とは上下二階建ての閣道(わたりろうか)で連結した、眠たい目もくらむほどに立派な楼閣(たかどの)だ。すっかり西にかたむいた陽を背にし、後光が差してなお立派に見える。

「これでも焼失まえの涼楼より、規模はかなり縮小されたというぞ。秋の実りも定かでないいま、節制すべし、と娘娘(ニャンニャン)みずからのお達しだったそうだ」

「たしかに、このごろ天候があまりよろしくありませんね。才里(さいり)も心配していました」

暑いが、陽の力が弱い。秋の到来も早まるのではないかといわれている。

「才里才里、か」

「なんでしょう?」

「いや、おまえはそればかりに思えてな。支援をしてくれる相手がいるようだが、のろけ話のひとつもおまえの口からきいたことがない」

桃花はどきりとした。

ふつうはそういうことを口にするものなのか。考えたことがなかった。しかしのろけ話とは、具体的にはどのようなものなのか。

「そもそも、その支援相手というのはなんだ? 恋仲なのか? 顔に米粒つけて歩く女が、恋だと? いまもそうだ。襟がだらしない。帯に雑草をまきこんでる。髪はなんだこれは、もつれのかたまりか！」

「うるさいですわ……」

息をして仕事をしているのに、責められるいわれがない。それにあとはもう織室にもどって仕事を終えるだけだ。なぜ整えなくてはならないのか。

「おやすみなさいませ」

「や、まて、中宮で寝るな！」

亮にゆすり起こされ、うつらうつらしながら空になった荷車をおして帰路につく。

「おいおいおまえ、歩きながら目を閉じるんじゃない。娘娘の御在所だぞ、さすがに不敬だろ」

「目は開いています。ときどきまぶたが長く視界をさえぎるだけれふわ」

「あくび！　せめてあくびは噛み殺せ！」

亮がさっさと中宮を出ようと荷車をひく速度をあげる。

だが、

「その荷車、待て！」

突然まえをさえぎるものがあって、亮も桃花もたたらを踏んだ。

亮が顔色をなくし、桃花がなにかを言うより早く、深く深く頭を下げる。

「申しわけございません！　この者は徹夜にて労働についておりまして、けっして娘娘を軽んじたわけでは——」

桃花もあわてて隣で頭を垂れる。

だが荷車をとめた中宮宦官は、そうではないと否定した。

「おまえたちが荷を運びこんだ倉庫周辺で鼠が出ている。手が足らないゆえ退治に協力をしてきてくれぬか」

「……え？」

ぽかんとする亮の手に渡されたのは、竹ぼうきだ。

「そちらの女官は、となりの茶庫にてかじられた品がないかの確認をたのみたい」

「……承知いたしました」

荷車はこのままでよいというので、小走りに倉庫へもどる。その折、「あの」と桃花は亮に声をかけた。

「さきほどは、ありがとう存じます。そしてお詫びも申しあげなくては……」

亮は桃花のあくびを咎められたと思って、とっさに謝罪してくれたのだ。運よくそういった用件ではなかったものの、あれは桃花が全面的に悪かった。

「ふん、宦官などぺこぺこ頭を下げるしか能のない生き物だ。家畜のすることをいちいち気にするな」

「わたくしが知るかぎり、謝罪で頭を下げるのは人という生き物のみですわ」

言うと、亮が強面をさらに険しくして立ち止まる。

「……そういうきれいごとを言うから、俺はおまえがきらいだ。居眠りばかりしているくせに」

「わたくしも亮さまは苦手です。けれども友想いで、悪いひとではないと思っています」

「そういうところだぞ」

なにが、と問うよりもさきに、再度身だしなみを注意された。別行動だからしっかりしろと注意され、桃花は大人しくこれに従って髪を最低限に整える。

「それにしても、中宮で手が足らないというのはどういうことなのでしょう」

「あぁ、後宮で公主が迷子になっているらしい。保護のためにこっちからも人手を割いてるんだろ。おまえの大好きな才里が好物のうわさ話だ。あのよく動く口でぺちゃくちゃとしゃべっていなかったか？」

そういえば、絹地の運搬に出るまえ、なにかをいろいろ話しかけられていた気もする。が、糸車をまわしながら半分寝ていたのでよく覚えていない。

顔に出ていたのか、亮が「迷子になったのは帰蝶公主だ」と得意気に教えてくれた。

「侍女がついていながらどういうことだか。いや、あれはたしか高慢な女だったな。公主の侍女であることを笠に着て、周囲にずいぶん横柄にしていた」

「横柄ではなく、公主さまを誇ってらしたのですわ」

「知ってるさ。だがいまはどうだ。天才かと期待された公主も、成長してみれば凡人以下。できそこない公主と言われ、侍女は威張ることができなくなったどころか、うしろ指をさされる立場になったそうじゃないか」

いい気味だと鼻で笑ってから、桃花の背中を押す。

「ほら、さっさと歩け！　公主ならさがしてもらえるが、おまえは迷子になったら終いだ。襲われて殺されると肝に銘じておけ。気をつけろよ」

「なぜ怒ってらっしゃるのでしょう？」

「おまえが愚鈍に過ぎるからだ！」

愚鈍ではなく眠いだけだ。子どものころは足だって速かった。

やや理不尽に思いながら、亮と別れた。

茶庫に足を踏みいれるなり、桃花はため息をついた。

入り口に番がいたが、なかにはだれもいない。茶は嗜好品としてばかりでなく薬としても用いられているので、その種類と数は膨大だ。これだけの数、桃花ひとりで検品などできるはずがなく、つまり非常にあやしいわけだが――

「こんにちは、桃花さん。白昼堂々歩きながら寝ようとするのはどうかと思いますね」

「……延明さま」

茶庫の奥から現れたのは、掖廷にいるはずの延明だった。

「なぜ中宮にいらっしゃるのでしょう。油断していましたわ」

「ここは顔が利きますので、あなたを中宮にまねく口実さえあればお膳立てをしやすいのですよ」

では、絹地の運搬を桃花にふってきた織室令の甘甘も共犯か。

「公主さまが迷子で、人手が足りないというのも偽りでしたのでしょうか？」

「それはほんとうです」

おだやかに笑んでいた延明が表情を変える。ずいぶんと疲労が濃い顔だ。掖廷令になってから、ずっとこうなのではないだろうか。

「迷子というより、ゆくえ知れずといったほうがよい状況――いえ、もっと深刻な事態すら想像しています」

延明は、桃花を奥へと案内する。そこには茶を煎じたり量ったりといった作業用の台があり、脇には逆さに置かれた甕がならんでいた。

たがいが甕に腰をおろすと、延明が「帰蝶公主をご存じですか？」と尋ねるので、これに首肯した。

「わたくし、昨年の騒動のときにはまだ昭陽殿におりましたので。張傛華さまの侍女からお話をきく機会がございました」

諸葛充依と直接の面識はない。だが、張脩華の侍女は諸葛充依をよく知っている。充依は境遇が境遇であるので、話題には事欠かなかった。

といっても、もっぱら話をしていたのは才里である。桃花はその脇で居眠りをしていただけだったが、あらためて才里の口からきかされることも多かったので、だいたい把握はしているつもりだ。

「やはりそうですか。助かります。あなたの話であれば信用もできる」

「では、今回のお呼びたては公主さまの件なのですね？　帰蝶さまがゆくえ知れずであるとの」

「そればかりではないのですが、まずはそうです」

ほかにもなにか聞きたいことがあるらしい。

「いつまでもこもってはいられませんので、はじめてくださいませ」

「ではまず公主の件から。――はじまりは今朝です。帰蝶公主は早朝より散歩に出かけ、もどってきたのがまだ朝餉のまえでした。もどってきたと言っても門をくぐるまえで、侍女が転倒、そのすきをついて駆け出し、いずこかへと姿を消してしまわれたという一報でした」

「まあ、転倒ですか」

「ええ……これを見たと証言する人物が複数いましたので、私もくだらないと思いつつも信じてしまったのです。昨年にもおなじことがあったという話でしたので、恥ずかしいことに、深刻に考えていなかった。——結論から申しますと、見たといっても、目撃したのは転倒から起きあがり、公主の名を呼んで走る侍女の姿を見たのみで、だれも公主の姿そのものを目撃した者はいなかったのです」

つまり自演の可能性があり、証言には有効性がなかったのだと、延明は悔しそうに言う。

「しかも、この侍女には公主への無体をはたらき、かなりの酷遇を強いているという疑いがあるのです。ご存じですか？」

「虐待を受けているのでは、というお話でしたら」

「……はじめ私は、母親やそれにおもねる宦官のしわざかと勝手に思っていました。つらきに耐えかねて逃げ出し、身を隠しているのではとも。しかし、これを侍女が手をくだしていたとなると、話が変わります」

延明は乾いた声でそう告げた。

「そもそも、転倒した際に公主が逃げたという話からして信用できなくなります。証言も有効性がなくなりました。公主がいつから、どこからいなくなったのか、もはや皆目見当もつきません」

「侍女のかたは、現在拷問を？」

「準備は済ませましたが、一歩待っている状況です。さきにも述べましたが、虐待に関しては母親や宦官もあやしい。侍女が手をくだしていたという情報は、操作されたものである可能性すらあります」

「ふつうこういった場合、みなしで拷問にかけるのが常だと思うのですけれども」

「誤ってくわえてしまった拷問は、消すことができません。私はそういったことを好まない。そして暴室ではよく死者が出ます。拷問の傷から病を得れば、それもまた取り返しがつきません」

延明らしい言葉だ。だから、まずはなるべく多くの情報を集めておきたいのだろう。

桃花はじっと延明を見た。彼はやわらかな微笑みが評判とされているが、真に評価されるべきは強い意志を内包した、この真剣な表情だと桃花は思う。

とはいっても、桃花自身は評価しないので、あくまで他人事にすぎないが。

「わたくし、手を下していたのがだれかは存じません。この目で見たわけではありませんので。ただ、侍女のかたが疑われてらしたというのは事実ですわ」

長くなりそうなので、近くにあった釜から白湯をもらっていいか、話しながら目で問う。延明がうなずきながら立とうとするので、それを制して器に酌み、延明にも手渡した。

「その侍女は、奶婆（うば）です。帰蝶（きちょう）さまがお生まれになる直前にお子を失い、乳を腫（は）らして悲嘆に暮れていたのを充依さまのご生家がみつけ、後宮へと送ってきたものです。以来ずっと乳をあたえて育て、お世話をされてらした方で、もとはたいへん帰蝶さまをかわいがってらしたときいています。無関心でらした充依さまより、よほど母親らしく見えたのだそうですわ」

　七年前のことは伝聞でしかないが、侍女は亡くした子を取りもどしたかのように喜んで、公主を熱心に育てていたときいている。

「帰蝶さまはとても優秀でらして、四つで隷書の読み書きを覚え、五つで『詩』をすべて暗唱できたときいております。そのことを侍女はとてもよろこび、誇らしく自慢してらしたのだとか。八区の張俗華（ちょうようか）さまも、それほどの才女であるならば援助をあたえてもよいと、そうおっしゃるほどで、非常に大きな期待を浴びてらしたのです」

「張俗華が？　諸葛充依らは身籠（みご）ったせいで張俗華らに冷遇されているのだと」

「そうです。けれども、優秀であるなら援助をしてもよいと。要は、降嫁先に張氏の息がかかったものを選ぶ見返りということですわ」

　ところが、と桃花はややうつむいた。

「これが立ち消えになったのです……。わたくしがすでに昭陽殿（しょうようでん）に入ったあとのことでしたので、二年ほどまえのことであったと記憶していますけれども。もともと引っ込み思案で内向的であった帰蝶さまは、徐々に暗くなり、だれとも口をきかなくなってしまわれたのです。笑わず、しゃべらず。これが宗室（皇族）が集まる機会などでもそうでしたので、不出来な公主であると言われるようになってしまわれました」

公主とは、すべては降嫁し帝の権力を高めるための駒に過ぎず、それに役立たないものは不出来とされる。勉学はむしろできなくともよいが、しゃべらず笑わずではもらい手がよろこばぬので使い勝手が悪い。公主は後宮にいくらでもいるので、なおのこと不要という判を押されてしまうのだ。

「なぜそうなったのかは？」

これにはわからないと首をふる。

才里もずいぶん知りたがっていたが、八区の女官たちもわからない様子だった。

なにかあったのかと問いかける者もあったそうだが、公主は押し黙るのみだったという。

「果てには簡単な手習いすらも投げ出し、できそこないと呼ばれるようになった娘に対して、母である諸葛充依さまはさらに疎ましがるようになったようです。冷遇からぬけ出せるかと期待を抱いていただけに、落胆も大きかったのでしょう。……侍女はその責めを負うことになりました。手ひどい私刑をうけたのだときいております」

「それで、公主を怨むようになったと？」

「誇らしく自慢であったからこそ、なおゆるせないのだろうと、みなはそう見ていたようです。帰蝶さまが汚れた衣を着ていたり、髪が崩れていたり、目立たぬ場所に痣（あざ）をつくっていたりといった様子が目撃されるようになったのも、このあたりからのようです。すっかり痩（や）せてしまわれ、まだ女性の道は通じていない年頃であるにもかかわらず、襠褲（はかま）のすそから血を垂らして歩いていたこともあったとか」

　血ですか、と延明は顔を険しくした。桃花も話にきいただけだが、肌が粟立（あわだ）つ。その小さな体で、いったいどれほどの暴虐をうけていたのか。それを思うと胸が塞（ふさ）ぐ。

「……こうして話にきくかぎりでは、やはり侍女が、と思えるところですが」

「たしかに、衣や髪をととのえたり、食事をあたえたりするのは侍女の役どころです。それが不十分であるということは、疑われ、責任を問われる立場にあることは相違ありません。けれども、だからといって痣や出血までもが侍女によるものであるとは言い切れないと思うのです。それに……」

「ほかに心あたりが？」

　延明も桃花も、白湯はすでに空だ。蒸し暑いが、かといってもう一杯を注ぐ気にはならなかった。胸やけを起こしたような、いやな気分だ。

「心あたりといいますか、そもそも、しゃべらず笑わずとなってしまった理由のほうが、わたくしは気になります。もともと内向的な性格でいらしたようですし、酷遇によってそうなったと見る向きもあったようなのですが……それさえなければ、帰蝶さまは豊かな暮らしを手に入れることができ、侍女との関係も良好なままだったのではないかと思うのです」

これについて才里は、関充依があやしいのではないかと言っていた。

関充依は、諸葛充依とおなじ境遇の妃だ。ともに張俗華のもとで働き、おなじ時期に帝の僥倖を得て、おなじころに公主を出産した。

ともに十区に殿舎をあたえられ、張俗華と梅婕妤ににらまれながら、宦官らの搾取に耐え忍び、ひっそりと暮らしてきた。

ふたりが産んだ公主たち――帰蝶公主と白鶴公主もまたおなじだ。おなじ境遇で生まれ育ち、ともに遊び、ともに学んだ。

なのに、張俗華から援助の話があったのは、帰蝶公主だけ。

これがよくなかったのではないかと才里は言うのだ。おなじ境遇、おなじ不幸であったのに、一方だけが解放される。しあわせになる。それがゆるせず、関充依は公主を脅して学びを放棄させたのではないかと。

「つまり妬みですか？」

「女というのは、周囲に自分とおなじだけの不幸をもとめる生き物なのだそうです。他人の幸福は、自分をみじめにするので嫌います。近くにいる者の幸福であれば、なお」

「桃花さんも？」

「わたくしは、この境遇に落とした父にすべての怨みが向かっておりますので、そういった余裕がないだけかもしれません」

才里たちはべつだが、桃花は基本的に他人に興味がない。それはここに居場所をつくろうという心理が働かないからだと、自分でも思う。悪夢をしのぎ、いつか出る日のことしか考えていない。きっとまともではないのだろう。

「とにかく、公主さまに無体を働いていたのはだれか、というのは非常にむずかしい問題であると存じます。娘を愛せない諸葛充依をはじめ、妬む立場であった関充依やその女官たち。そして言うだけであれば、白鶴さまやその侍女たちも同様にあやしいと言えるでしょう」

延明はきびしい表情でうなった。拷問の件について決めかねているのだろう。

「帰蝶さま、ご無事に見つかるとよいのですけれども」

「そうですね……それがなにより一番です。すべてが杞憂であれば、それに勝ることはありません」

通気用の高窓から差し込む日が、ずいぶんと弱くなった。いまは何時だろうか。

延明が言うように、今回もまた、ただどこかに身をひそめているだけだとよい。そう祈るよりほかなかった。

「ところで桃花さん、もうひとつあなたにうかがいたいことが……」

ぼんやりと向くと、延明はどこか躊躇いがちに問う。

「非常にききにくいことなのですが、以前、土坑のそばで自縊死していた金剛についてです。あの検屍になにかこう、気になった点などはありませんでしたか？」

「気になった点とは？」

「……ではすみません。直截に申しますが、自縊死との鑑定に誤りはなかったのだろうかと——あ、寝ないでください！」

一瞬話が理解できなくて、夢の大橋を渡るところだった。たくさんしゃべったので、疲れて眠いというのもある。

「……つまり、延明さまは自縊死という検屍結果が不服なのですね」

「いえ、不服というわけではありませんが」

延明はどこか焦ったように言い訳をしようとするので、桃花はゆっくりと首をふった。

「かまいません。検屍官の鑑定すべてをゆるぎないものとするのは、よくありません。実際、再検屍をして新たな事実が浮かびあがることもありますもの」

だからくわしく話をきかせてほしいと言うと、延明は立ちあがり、一旦外を確認した。茶庫の外からは、複数人がまだ鼠を追うにぎやかな声が響いている。

　延明はふたたび甕へと腰をおろしてから、口を開いた。

「じつは、金剛には火付けの疑惑がかかっています」

「火付けとはもしや、掖廷火災のでしょうか？」

　おどろいて問うと、延明はこれを肯定する。なんでも、獄中にある懿炎がそれに関する証言をしているのだという。

「詳細は割愛しますが、われわれは金剛ひとりの意思で行ったとは考えにくいと推測しています。金剛には多額の借金があり、何者かから報酬を得て引きうけたものであろうと。しかしそうなると、なぜ自縊死をしたのかという疑問が出てくるのです」

「騙され報酬を受けとれず、憤怒と絶望からの自縊死――とは考えていらっしゃらない？」

「もし払われなかったならば、放火の情報を秘密裏に売れば金になります。自縊死をする必要がない。――ただ、ここにも若干疑問がありまして、金剛の手もとには財産というほどのものがなく、わずか数銭しかのこっていない状態でした」

「もらったと思われる報酬が見つからないのですね」

　土中に隠してある可能性もあるだろう。だがどちらにせよ、『ではなぜ自縊死したのか？』という疑問に行き着く。

「それにみつからぬものは報酬だけではないのです。荒野に捨てられたはずの金剛の死体もまた同様に、みつかりません」

延明は西の荒野中をさがし、死体や棺を利用する目的で持ち去った者がいないかもくまなく調べたと語った。

「死体は勝手には消えません。ですからあれは自縊死ではなく、何者かに口封じのために殺されていたものではなかったかと疑っているのです」

謝らなくてもよいと言ったのに、延明は申しわけないといった顔をする。おかしな人だ。

桃花は片手を口もとにやって思案する。

みつからぬ死体。みつからぬ報酬。

思い返してみてもやはり、金剛には他殺の所見はなかった。

ならば――

「延明さま。あの件はやはり自縊死でまちがいないかと存じます」

なにか言いたげにする延明に、顔をあげて一言一句をはっきりと告げた。

「なぜなら金剛という方は、すでにしっかりと対価を受けとり、自縊死によってみずからの目的を完全に達しているからですわ」

「なんですって?」

「さがすべきは西の荒野ではなく、墓です。東の墓地をどうぞ捜索にあたってくださいませ」

「墓……いや待ってください。それが、金剛の埋葬に大金を払うような人物はいないのです。それに『宝』は金剛が首を吊って発見されたときにはすでに無く、『宝』のない埋葬死体などないと……」

言ってから、延明はなにかに気がついたように目を見開く。

「延明さま。おそらく正しい埋葬——すなわち来世への希望こそが、約束された報酬であったのではないでしょうか」

『宝』と来世。宦官にとって、これがいかに重要であるかは延明のほうがよくわかっているだろう。

延明は急ぎ立ちあがった。

だれかを呼ぼうとし、逆に「失礼します！」と切迫した声がかかる。

「延明さま、掖廷よりの報告にございます！　さきほど三区にて、血のついた石が発見されたとのこと！」

まさか、と桃花は延明を見る。延明も硬い表情となっていた。

報告の声はづづける。

「血痕は帰蝶公主のものである疑いあり。急ぎ掖廷にもどられたし！」

桃花は目を瞑り、胸をおさえた。

＊＊＊

夜の帳がおりた。

童子がしっかりと油を足した燭台は、延明が座る掖廷令の席を明るく照らしている。

ため息とともに眉間を揉もうとすると、華允がそれをさえぎった。どうやら手に墨がついていたらしい。手巾で指先をぬぐってくれるので、苦笑した。子どもにするような世話を、子どもからされてしまうとは。

「延明さま、きょうこそは早く寝てください」

「子どもではありませんから平気ですよ。責任者がさきに休むわけにはいきません」

「責任者だから寝るんです。倒れたらみんな困ります」

華允が眉をよせたが、延明は首を横にふった。

各所の報告を待っているところなのだ。疲労がないと言えばうそにはなるが、ひとり横になるわけにはいかない。

ただかっこうをつけたいのだ、と延明はおのれを笑った。宦官という身であるからこそ、せめて臥牀で報告を受けるなどという情けない姿を見せないでいたい。些細な玲持だ。

「延明さま」

「なんです。おまえは好きにしていてかまいませんよ」

「ちがいます。あの、延明さまの検屍官、きれいなひとでしたねと」

ぽつりと華允がこぼした言葉に、延明は思わず「は？」と返した。

「なんです……藪から棒ですね」

掖廷には年季の入った検屍官しかいない。華允は桃李のことを言っているのだ。

「起きているなら世間話でもすれば、ちょっとは気がまぎれるかと思って」

「……なるほど」

にしても、話題がそれとは。

——つぎに呼び出すときには、念入りに顔を汚してやらねばならないな。

たとえ子どもであっても、顔を覚えられては困るだろう。

「中宮の官奴ってきいたので、やっぱり娘娘の周囲は見た目も秀麗な者ばかりなんだなって感心しました。延明さまも点青さまもそうですし」

「一応、外見の選抜もありますからね。太学の博士弟子にしてもそうですから、なにも中宮に限ったことではありませんが」

なのでどんなに優秀な人物であっても、顔に傷をつくってしまっては学士としても官吏としても、一生出世はできない。名家の子どもたちはまず、けっして闘殴をしない、顔に傷をつくらないことを教育でたたきこまれる。

「華允はもしや、中宮に仕えたいのですか？」

「いいえ、そういうわけじゃないんですが」

「出世を望むなら心配いりません。秋になったら秋試で官吏の異動がありますから、その際におまえを正式な官として登録しようと思っています。まずは掖廷でよく勤めなさい。字の読み書きも優秀で、頭のほうも愚鈍ではありませんから――」

言いさして、延明は華允をまじまじと見た。

華允は口を一文字に引き結んで、目をうるませていた。

「ちょっと待ちなさい、なぜ泣きそうになるのです……」

華允はただ、帯に下げていた貝の飾りをぎゅっとにぎる。かれを育てた最初の師父、燕年の遺骨が入った貝だ。

「おれ、ずっとこのままいられたらって思ってます」

「なにもおまえを捨てるなどとは言っていません」

まいったな、と内心で狼狽していると、ちょうど中宮の使者が現れた。点青からの文を急ぎあずかってきたという。

――金剛の棺発見。

たったそれだけの短い文に、ひとつ胸をなでおろした。

なんのことはない。みつからぬ報酬、みつからぬ死体、そのどちらも墓の中にあったのだ。

――しかしこれで、金剛が火付けへの対価をうけとっていたことが証明されたか。『宝』、そして罪人の埋葬。どちらもけっして安くない。これを報酬として払える立場にある者が、金剛に火付けを依頼したのだ。

やはり妃嬪だろうか、と推察する。金剛は八区の宦官だ。順当に考えれば八区張俗華あたりか。あるいは、張俗華と親しい梅婕妤の関与もあるかもしれない。

――問題は、目的だな。

放火の目的を判明させなければ、黒幕の詳細は見えてこない。まだまだ情報が足りていないだろう。

「華允、顔を洗ってきなさい」

華允がごしごしと袖で顔をぬぐっているのに気がついて、そう指示した。強くこすっては、目が腫れてしまう。

だいじょうぶですと強がる華允に、童子が濡れた手巾を持ってきてくれた。以前は華允を警戒していた童子も、いまはすっかり打ち解けたようだ。

ふたりともよき友人として育つとよい、と延明は願う。権力や金しか縋るものがない宦官は憐れだ。この禁中で支えあえる友がいるだけでも、きっと末路はかわるだろう。

──年が離れているから、友人というより兄弟のようにか。

華允は栄養失調から成長がややおくれているが、十六。童子は八つだ。

「八つか……」

「延明さま、なんでしょうか？」

「いえ、なんでもありません。しずかな雨だな、と」

外はあわい霧のような細かな雨が降っていた。しっとりと地面を包むような、ほんのわずかな雨だ。

だが、延明が気に留めたのは雨ではなく、童子の幼さだった。歳が八つ。これは帰蝶公主とおなじ歳なのだ。童子を見れば、体は小さく、首もほそい。歯などまだ四本しか生え変わっていない。ほとんど赤子の歯のままだ。

──これほどに稚い子どもを無慈悲に撲殺など、できるだろうか。

延明が考えているのは、三区にて発見された石のことである。

石は長いところで測って直径が一尺ほどにもなる楕円形で、一部にべったりと大量の血痕が付着していた。ごつごつとした形状で、凶器として振り下ろすにはまさにもってこいといった印象だったが、よもやあれを幼子に振り下ろすなど、想像しただけでも正気の沙汰ではない。

現在、灯ろうを手にした掖廷官たちが石の発見場所を中心として捜索をつづけているが、まったくの杞憂であればよいと願うばかりだ。

「──あ、延明さまどちらへ？」

「廁です」

そう偽って、手提げ灯ろうを手に掖廷本署を出た。

暗いなか向かうのは、仮設として建てられた暴室だ。火災のあと、現在はこちらが運用されている。

火災を警戒し、わずかな油しか灯されない暴室はほぼ闇につつまれていた。そのなかで、ひとつだけ赤い明かりで満たされている房がある。

近づくと、女のくぐもったうめき声がした。

「これは、掖廷令」

足を踏みいれると、焼き鏝を手にした公孫がふり返る。

うめいていたのは柱に束縛され、立ったままの状態でぐったりとうなだれた侍女だ。名を、薇薇といった。口には猿轡がかませてある。

「邪魔をしてしまいましたか。私はどうも座ってただ報告を待つだけというのが性に合わぬようです。すみません」

「いえ、謝罪など、とんでもないことです」

生真面目な公孫が拱手する。「つづけてください」というと、公孫は鏝を炉にもどし、薪を足した。公孫が進めているのは拷問道具の準備だ。

日が没してからの拷問は禁じられているため、こうしてゆっくりと拷問道具をならべる様子を朝までみせつけ、恐怖心をあおって口を割らせるのだ。

延明は、目のまえにならぶいくつかの道具のなかから大きな刃物を手にとった。薇薇が表情をゆがませて凝視している。

「公孫、この刃はもうすこしよく研いでください。これでは指を切り落とす際、骨で引っかかってしまいます。ああ、小ぶりな鋸があるとよいですかね」

はっ、と短い返事で、獄吏を呼びつける。すぐさま砥石と盥が運びこまれ、刃物が研がれはじめた。鋸も、首を切り落とせそうなものから手芸に使えそうな細かなものまでが運び込まれ、几につまれる。

シャッシャッという音が響くなか、つぎに手にしたのは歯をぬくための鉄鋏だ。こちらも大小さまざまにならんでいた。

「どれが口に入りますかね。これでしょうか……すこしためしてみなければ。公孫、猿轡を」

公孫が猿轡をほどく。と同時に、薇薇が悲鳴をあげた。

「やめてぇっ！　どうか助けて!!」

「はい、そのまま口をあけていてくださいね」

　場違いなほどにやさしい笑みで、鉄鋏を口にねじ込む。薇薇が泣きながら口を閉じようとするので、公孫が鉤をひっかけて強引に開かせた。

「ああ、やはりこれでは大きいか。もうすこし小さなものを……おっとすみません、舌を挟んでしまいましたね」

　薇薇が泣き叫ぶ。助けて、助けてとくり返すので、涙でぐしゃぐしゃの頬をなでてやった。

「助けて差しあげたいが、おなじ供述のくり返しではどうしようもありません。私も残念です」

　この女はいまだ、自分は悪くないという旨の自己弁護のみをくり返している。公主が昨年隠れて出てこなかった件についても理由は知らず、朝からのゆくえ不明の件についてもなにもわからないのだという。

「もう一度はじめから問いましょうか？　けさ、公主となにがあったのでしょう」

「なんども言ったとおりなんです！　帰ってきたところで転んで、そしたらあたしを置き去りにして帰蝶さまは……。見ていたひともいますよね!?　そのあとはずっとお姿をさがしていました。でもみつからなくて……午ごろ、仕方なしに充依さまにお伝えしたんです」

「帰蝶公主は昨年もゆくえをくらます事件がありましたが、前回と今回、その理由に心あたりは？」

ありません、と侍女は歯噛みするように言う。それから、「きっとあたしのことが嫌いなんです」と投げやりにつぶやいた。

「では、公主の姿を見失ったのは早朝、充依に報告したのが午であった理由とは？　ずいぶんと遅きに失したと思うのですが」

「それは……反省しています。でも充依さまはあたしを嫌っていますので、なかなか決心がつかなかったんです。帰蝶さまの話題も厭ってらっしゃいますし、ごきげんを損ねれば私刑をうけます……。とにかくさきに帰蝶さまを見つけてしまわなくてはと、そう思っていたんです」

「あなたは、公主が汚れた衣を着、乱れた髪で歩いているのを知っていましたか」

「……」

「ずいぶんとやせ衰えていたという証言がありますが、公主の食事をきちんとあたえていましたか」

「……あげました」

「では、なぜやせてしまわれたのでしょう」

「知りません……！　食事を出しても食べないのは、あたしのせいですか⁉」

「あなたは公主に無体をはたらいたことがありますか」

「ありません……あぁ、いえ、たしかに、衣を汚いままでいさせたことは、あります。髪も直さなかったことも。でも、やったのはあたしじゃないんです！」

なのに、と薇薇はくちびるをわなわなと震わせた。

「……みんな、あたしが帰蝶さまに無体をはたらいていると、陰でそんなことを言うんです。でも、きちんと調べてくだされればわかるはずです！」

そこから薇薇は堰を切ったように語りだした。

帰蝶公主ができそこないとの烙印を押されたせいで責任を問われ、あの肉塊のような宦官にあずけられ、口にできないほどのおぞましい私刑をくり返しうけたこと。しかし、その件に関しては自分になんの落ち度もなかったこと。

「あたしだって、なんども帰蝶さまに尋ねたんです。どうされたのか、学びや手習いが嫌いになってしまわれたのか、苦痛なのか。なぜお話をなさらないのか、これからどうなさりたいのか。それなのに、帰蝶さまはなにもおっしゃりません。ただ押し黙って怯えたように顔をしかめるだけで！　いつもそうです。いつもいつもそう！」

ごほごほと咳きこんで、一旦しずかになる。

一度口に水をふくませてやると、ふたたび語りだした。

浮かぶのは、怒りと怨み、そして悔しさの入り混じったはげしい表情だ。

「なのに、みんなはあたしがやってるって勝手に思い込んで疑って、うしろ指をさすんです。白い目で見る。こんなひどいことがありますか？　あたしがなにか悪いですか!?　生みの親のくせに、なんの関心も示さず、いない存在としてあつかう充依さまは悪くないんですか!?　帰蝶さまを怨んでるのはあたしじゃなくて、充依さまじゃないですか！」

薔薇は諸葛充依を調べてくれと、強く訴えた。

「充依さまはいつもあたしを呼びつけるんです。あたしは侍女なのに、婢女みたいな労働をさせるんです。きっと、そのすきに帰蝶さまにつらくあたっているんだわ！」

「しかし現実として、あなたが見失い、公主は帰ってきていません。三区からは血痕のついた石が見つかっています」

「だから石なんて知りません！」

侍女は子どものように泣きわめいた。その腕は柱に縛られ、涙をぬぐうものはなにもない。

いかがしますか、と公孫が小声で問う。

「諸葛充依が潔白というわけではありませんが、この時間に妃嬪に対してできることはありません。公孫は三区へ向かって掖廷官たちの指揮をしてください」

それから獄吏に拷問具の準備と手入れをつづけるよう命じ、暴室を出る。

外では、華允が手提げ灯ろうを手に、延明が出てくるのを待っていた。

「おいて行くなんてひどいです」

「厠のついでだったのですよ」

うそだとわかっただろうが、華允はそれ以上責めなかった。かわりに、なにか訊きだせたかを問うてくる。延明はただ首をふった。

「……公主さま、どこいったんでしょう。三区の石はやっぱり」

「まだわかりません。とにかく夜が明け次第、員吏を最大限に投入し捜索にあたらせます。範囲は三区を含めた後宮全域です」

全域、と華允はおどろいたように鸚鵡返しにする。

大光帝国の後宮は、最盛期には位を持たない宮女を含めて一万人を超える大所帯であった。

現在では殿舎の数は減らされ、規模の縮小が図られたが、敷地の面積そのものが狭くなったわけではない。減らされた殿舎のかわりに遊興のための池、散策のための園林、花園、それに畜舎もつくられ、広大だ。

「夜を徹しての捜索ができればよいのですが……」

夜間の捜索は、中常侍より待ったがかかった。

たったひとりの迷子のために騒ぎとせぬようにとの、帝よりのお達しだ。おそらく、梅婕妤がなにか言ったものと思われる。

皇后も要望を帝に伝えていたが競り負けたようで、かろうじて許可が下りたのが無人の三区だけだった。

「とにかく署にもどり、あしたの一斉捜索について、もっと詰めておきましょう」

捜索は後宮全域を対象とするが、広大な後宮を闇雲にさがしても人数が足らず、時間を食うばかりだ。もうすこし的確な人員配置が必要である。

公主がいなくなった際の侍女による証言が偽りであると仮定すると、あやしいのは花園か回青園ではなかろうか。延明はそのように考える。

帰蝶公主は、亀兆公主。蝶が好きで、みずからの名にも蝶の字をあてたという。走って逃げ込んだのではなく、自分の足で散策に出かけたのなら、蝶のいる花園か回青園である可能性はおそらく低くはない。

転倒したすきに逃げ出したなどと侍女がうそをつく理由はおそらく、十区に一旦は帰ってきたのだと思わせたかったからだ。

そうすることで、捜索の目を禁園から遠ざけたかったにちがいない。

すなわち、公主はもう……。

——いや、まだ殺されたと断定してはいけない。生きて、隠れている可能性もまだ捨ててはならない。侍女が真実を口にしている可能性ものこっている。それに問題は、三区でみつかった血痕だ。

　きたばかりの道をもどる。その途次、院子を渡って手提げ灯ろうが近づいてくるのが見えた。

「掖廷令！」

「公孫……あなたには三区へ向かうようにと」

「それが、掖廷を出てすぐ三区よりの使者とはちあわせまして、ご報告にございます」

　延明は身構えた。公孫の顔に緊張が浮かんでいる。

「三区より、死体発見の報でございます」

＊＊＊

「中宮でこんな高級茶がもらえるなんて、桃花ってばあんたほんと幸運ね！」

　暗い房のなか、才里が麻袋に鼻先をつっ込むようにして、その香りをめいっぱい胸に吸いこむ。紅子も横から鼻を鳴らし、笑みをこぼした。

「陳皮の茶だねぇ、いい香りだ。青皮も混じってる。上物じゃないか」

「……わたくし、柑橘のたぐいは苦手なのです」

完熟した実なら食べるが、皮は苦い。陳皮などまさにその皮の部分ではないか。

「香りをかぐだけでもどう？　こんな蒸した日にはちょうどいいわ。すっきりとして気持ちいいわよ」

「けっこうです。アゲハの幼虫をつぶしたときの臭いがいたしますもの」

「つぶ……あんた、そういうこと言うのやめてよね……」

「その茶は単に才里たちがよろこぶかと思ってもらってきただけで、わたくしはいらないのです」

だから勧めるのはよしてほしいと訴えると、才里はうれしそうに笑い、桃花の頭をなでくりまわす。

「ありがとうね桃花。その気持ちがうれしいわ」

「だね。さっき古着の買い取り競争で負けちまったけど、なぁに、こっちのほうが断然いいね」

「紅子さん、衣を売りに出したのですか？」

問うと、「ちがうちがう」と紅子は手をぶんぶんと顔のまえでふった。

「こっちが買うのさ」

「紅子はね、田寧寧（でぃねいねい）の女官選びでつぎの選考に進めたのよ。それで二次の選考に行けた女官をカモにして、状態のいい古着を売りにくる宦官（かんがん）がいるの」

紅子が「カモってなんだい」と才里を軽くねめつける。

桃花はまだ選考が終わっていないと知って、なんて面倒なことをするのだろうとおどろいた。選ぶほうも選ばれるほうも、二度も手間暇をかけねばならないのか。

「でもいいやつはちょっと手が届かなかったね。まあ出せない額じゃなかったんだが、選考で落ちたら無駄になっちまうしねえ」

そうよそうよそれでいいの、と才里が相づちを打つ。

「で、桃花。その分けたやつはどうするの？　べつによこせっていうわけじゃないから誤解しないでほしいんだけど、あんた嫌いなんでしょ」

才里が視線を向けているのは、桃花が麻袋から分け、巾（きん）に包んだ茶だ。

「こちらは亮（りょう）さんの分ですわ」

帰るとき、亮はまだ鼠取りをさせられていた。茶の検品はただの口実だったが、あちらはほんとうに人手が足りていなかったらしい。さきにもどっているよう言われたので帰ってきたが、桃花のせいで巻きこんだ感がぬぐえなくて、申しわけない。

「亮？　あいつが茶なんて飲むわけないと思うけどなんで？　っていうか桃花、ほんとあんたってだめな子ね。こんな暗くなってからほかの宦官のところになんて足を運んだら、浮気者って思われちゃうわよ！」

言われて、あ、と思う。

そうだ。桃花にはいいひとがいるのだった。まだ名前すらも知らないが、ひそかに通じあっているらしき想い人が。

「あの、才里、じつは亮さんのところへというのは、うそなのです」

「は？　うそ？」

「ええと……ほんとうはあの方のところに、と思っていたのですけれども、ええほんとうにあれですわ。その、恥ずかしくて？」

しどろもどろに言いわけをすると、才里はそれを照れだと思ってくれたようだ。

「なんだ、憎いわね！」などとよろこんでいる。才里は桃花の恋を応援したい気持ちが勝りすぎていて、このうえないほどに目が曇っている。

「じゃあいってらっしゃいね。見回りが来たらうまくごまかしておくから、ごゆっくり！」

この茶番をいつまでつづけなくてはいけないのだろう。一瞬そんな疑問が湧いたが、桃花は考えないことにした。

房を出ると、しっとりとあたりは湿り気を帯びていた。かすかな霧雨が夜の内廷をやわらかく包んでいるのだ。

ひどく蒸して眠れないのか、どの房からも女官たちの話し声がきこえている。

茶を手に持ちながら、桃花は宦官たちの舎房へと向かう。亮に渡すべきか、延明との連絡係りに渡すべきかは、まだ迷っていた。

亮は桃花のせいで、せずともよい労働につかされた。この詫びはしたい。だが才里の手前、連絡係りに渡しておかねばよろしくない。もし才里が「お茶はどうだった？」などと声をかけでもしたら困る。

思案しながら歩き、井戸端まで来たところで足を止めた。織室の女官が数人、手持ちの衣や手巾を洗っているところだった。

――そうだわ……。

手巾なら、まだ清潔なものを持っている。分けて包み、両方に持っていけばいいではないか。量は減ってしまうが、なんとも単純な話だった。

さっそく作業をしてしまおうと、井戸端の作業台へと近づく。自然と耳がひろったのは、「まだみつからないらしいよ」という声だった。帰蝶公主の話題だ。

「あの侍女は、自分の仕事がなんなのかわかってないのね。公主さまを迷子にさせるなんて」

「天才公主の侍女だなんていって、まえはあんなに誇らしげにしていたのにね。いまじゃ邪険にしてるらしいじゃないの。ころっと手のひらを返したわね」

「公主さまがだめになったもんだから、ゆるせないんでしょ。公主さまの評価が落ちれば自分の評価も落ちるんだもの」

洗濯棒をふり下ろしながら、話をしている。いわゆる井戸端会議のようなものだろうか。手に力が入っているせいか、声も勢いがあってすこし怖い。

「まぁね、でもそこがまた侍女の腕の見せどころじゃないの。主人を助けて、陰ながら導くことこそ侍女の本懐だわ」

「意気込んでるわね。どう、田氏の女官には選ばれそうなの？」

どうやら胸を張っているのは選考にのこった女官のようだ。

紅子はどうなるだろうと考えながら、桃花は茶を等分にした。もともとの量が多かったので、ふたつにわけても見映えは悪くない。安心した。

「ふふふ、自信ありよ。というわけで、見てこれ！」

女官は、まったく関係のない桃花のほうにまで見せるようにして、一枚の深衣を掲げた。

「新調しちゃった。っていっても古着だけど、状態がいいでしょ？　これでつぎの選考に出るの」

あれが、紅子が言っていた買い取り競争で得た戦利品か。

まあ関係がないなと思ってその場を離れようとしたとき、「うえっ」という声がきこえた。

「あんたそれ、なんか尿臭いじゃないの」

「そ。だから支払いのときにしぶってやったわ。洗えばいいだけだから、着るには問題ないもの。じつはこれ、いま話してた侍女の深衣なの。ほら、暴室に入るときには麻の単に着がえさせられるじゃない」

「まあ、横流し品ってこと？　やるわねあの悪徳宦官。にしてもなさけないわ、侍女がおもらしだなんて！　しかもなあにこれ、よく見たら腕とお腹のとこにもおもらししてるじゃないの！　どういうことなの？」

どっと笑い声があがる。

桃花は足を止めた。

どうやらこの茶は、亮にも連絡係りにも渡せそうにない。

＊＊＊

霧雨はすでにあがっていた。

夏の日の出は早く、まだ早朝であるというのにじりじりと日差しが照りつけ、蟬がやかましいほどに鳴いている。本日はひさしぶりに夏らしい、気持ちのよい快晴だ。

風向きは南。南山を越えて吹きおろす風は弱く、それでいて熱い。

ぐんぐんとあがるであろう気温を察してか、すでに回青園をアゲハ蝶が幾羽も舞っていた。

――この蝶たちも、日中は日陰で暑さを耐え忍ぶのだろうか。

そのようなことを考えながら、延明は飛び交ううつくしい蝶をながめた。ときおり黄色いアゲハを蹴散らすように現れるのは、黒く大きな蝶だった。

この黒蝶はひと回り小ぶりなアゲハたちを追い払い、それから橘にとまってあたりを睥睨する。蝶の王であるかのような風格だ。

「きれいですね、延明さま」

そう言ったのは華允だ。蝶を愛でると見せかけて、その目が橙の実をながめているのを延明は見逃さなかった。

「もいではなりませんよ。禁中の花や実を盗めば、ただではすみません」

口をとがらせてわかってますと言うが、だいじょうぶだろうか。

――華允ではなく公孫を連れてくるべきだったか。

華允の食い意地をやや不安に思う。だが副官である公孫に、華允のように重い荷物を背負わせるわけにいかなかったのも事実だ。官吏には秩石による序列があり、その下に無位の員吏がいる。荷を負うならばやはり華允でなくてはならない。

なにより、公孫には三区の死体を任せてあった。

死体発見の一報をきいたときには瞑目したが、公主ではなかったのだ。井戸に落ちており、まだ引きあげはかなっていないが、着衣から見てどうやら宦官の死体のようである。

発見されていた血のついた石も、その死体と関係のあるものかもしれないが、詳細はまだ不明だ。

「華允、荷は重くはありませんか。まだ降ろしていてもかまいませんよ」

「いえ、平気ですけど……ここでなにを待っているんです？　まだ捜索の開始時間前ですし、これだっていったいなんのために」

とにかく怪訝そうに、華允がひとりの女をながめた。

長い髪は結われることなく乱れ、手足の露出した麻の単をまとった囚人。手に枷をはめられた帰蝶公主の侍女、薇薇だ。

「――きました」

見張りを立たせた回青園の門をくぐり、小柄な宦奴が手になにか包みを持ってやってくる。顔が煤でよく汚れているが、桃花だ。

こちらへやってくるなり、深々と揖をする。華允にはきこえないような小声で、

「お願いをきき届けてくださり、感謝申しあげます」と言う。

回青園に行きたい――桃花からそう文があったのは、三区の死体が宦官のものであると確認した、すぐあとのことだ。

桃李として希望したいとの内容で、延明は心痛に黙した。桃李として、ということは検屍なのだ。回青園は延明も捜索対象として考えていた場所であり、そこで検屍となれば、対象は明白だった。

なお、不可能であるならば伝えたいことがある、とも書かれていたが、延明は桃花の希望をかなえる形を手配した。

検屍をせねばならないなら、桃李のほうが確実だ。回青園に眠る幼い命にしてやれることは、延明にはそれよりほかになかった。

「そちらの侍女のかたは、なぜお連れに？」

「すみませんが、これは私の独断です」

「まだわたくしの想像に過ぎませんから、回青園に行きたいとしか申しませんでしたのに」

「ええ、ですが見ておわかりのとおり、侍女はすでに平静な様子ではありません」

かたかたと手枷が鳴っている。暴室を出て、この回青園についてからずっとだ。薇薇はすでに顔色を失い、息が荒い。

「しかし桃李、園内は広いですよ。目星があるのですか」

「それは歩いていればわかるかと。あまりに時間がかかるようでしたら、掖廷官にもご協力をお願いするようになりますけれども」

いきましょう、という桃花を先頭として歩き出す。いつもの眠たげな歩みとちがい、しっかりと周囲に目を凝らし、颯爽とした足運びだった。

薄石が敷かれた小路は、さまざまな種類の柑橘に囲まれながら、曲がりくねって進む。夏はまだ白い花のつく時期だが、あたりにはすでに大ぶりの青い実をぶらさげている枝も多い。これは回青といって、冬に黄色く熟した実をそのまま枝につけておくと、夏にふたたび青くもどる現象である。つまり昨年に生った実で、この青くもどる現象が若返りや子孫繁栄を象徴するとして、縁起が良いとされている。後宮に植えられているのはそのためだ。

桃花はいくつかの分かれ道を、なにか意図をもって選び、進んでいるようだった。

周囲には徐々に、黒蝶の姿が増えてくる。

蟬の声にくわえて力強い黒蝶の羽ばたきがさかんに耳に入るようになった頃、華允がとつぜん立ち止まった。

「――どうして、公主さまをいじめたりしたんですか」

延明も面食らってふり返る。華允は責めるまなざしで薇薇を見ていた。

「あたしが？」

薇薇は一瞬おどろいたようだが、すぐにくしゃりと顔をゆがませた。にじんでいるのは怒りだ。

「あたしは、いじめてなんかない！　虐待？　やっていないことをやったと言われ、蔑まれ、うしろ指をさされる苦しみが、アンタにわかる⁉」

叫ぶや否や、手枷のついた手で顔を覆う。

「あたしが悪いの？　なにもしてないのに、帰蝶さまがあんなふうになったのだって、あたしのせいじゃないのに！　あたしの赤ちゃんが死んだのだって、あたしのせいじゃない！　なのに夫もだれもかれも、あたしを責めて……っ」

「あなたが産んだ赤ん坊は、なぜ儚く？」

延明はつい尋ねた。この薇薇が後宮に奶婆として送り込まれたのは、みずからの子を亡くし、乳を腫らして哀しみに暮れていたからだという。

「知らないわ！　かわいかった……小さくて、愛しくて、あったかくて、一生懸命あたしの乳を吸ってたの。なのに、朝起きたら死んでたのよ。あたし、なにもしてない！」

「そうですか。詳細は知りませんが、あなたはその後、帰蝶公主にもおなじように乳をあたえて育んだのではないのですか」

薇薇は体をぎゅっと縮こませ、震えた。

帰蝶公主だってかわいかった、と、いまにも消えそうなほどか細い声で言う。

「小さくて、愛らしくて……はじめて笑ってくれたときにはすごくうれしかった……。あたしの赤ちゃんは、そこまで生きることができなかったもの。なのに……っ！」

「なのに、殺しましたね？　ここで。あまりに細く、稚い首を絞めて」

桃花がはっきりとした声で告げた。薇薇の震えが止まる。

桃花が指さした地面には、あまたのアゲハ蝶が群がっていた。

「桃李、ここが殺害の現場であると？　それに殺害方法まで……」

おどろき、手で蝶をはらって地面を見る。血もなにもない。あるのは昨夜のうちに降っていた霧雨で濡れ、わずかに湿っただけの地面だ。

なぜ、ここだと特定したのか。あまりに不可解に思っていると、追いはらった蝶がまたひらひらともどってくる。かと思えば、地上におりて翅を休めるなり、花の蜜を吸うようにして口吻を地面につきさした。

「……なにかを吸っている？」

「尿です」

桃花が答えると、華允が目を丸くする。

「尿？　花の蜜じゃなく？」

「蝶が吸うのは花の蜜、というのは思い込みに過ぎません。このように、雄のアゲハは汗や尿をたいへん好んで食するのです」

「知りませんでした。しかし御園の道、その真ん中にどうどうと尿とは」

「ええ。ここは後宮のためにつくられた禁園。犬は入れず、猫はこのような場所にはいたしません。人とて、禁園に排泄などをする命知らずはおりません。これは、不可抗力によってなされたものであると言えるでしょう」

「だから、ここで首を絞めて、と。その際の失禁か」

　こちらもごらんくださいませ、と桃花が手にしていた包みをひろげた。いや、包みではなく深衣だ。深衣と襠褌。

「これは、暴室より横流しをされていた、あなたの深衣です。間違いありませんね？」

「まってください。横流し？」

　きき捨てならない言葉が飛び出したが、桃花は薇薇に確認をとると、そのままさきを進める。

「この深衣、臀部にわずかな尿の染みがあります。しかし、本人の失禁ではありません。襠褌をみるとわかりますが、なかにはほとんど確認できません。これは外側から染みこんだものです。なにより、右腕のひじ内側にあたる箇所、そしてへそ下の腹部にも同様に、尿による染みがあります。こちらのほうが、臀部よりもむしろ大きいのです」

　横流しの件はあとで調べて処分をするとして、つまり、

「侍女薇薇が公主に馬乗りになって殺害、臀部の染みはその際についたものというこ

とですね？」

　わずかしかついていないのは、女性がたとえばあおむけで失禁をしても、そのほとんどが地面のほうに流れて行くからなのだろう。殺害されたのが大女であったなら、このわずかすらもつかなかったのかもしれない。侍女の臀部が乗りかかる位置も変わり、下に敷いた身体の厚みも変わる。

「じゃあ、腕と腹部のはどうやってつくんです？」

　華允が尋ねる。それには桃花が答えた。

「それは、この侍女のかたが帰蝶さまを殺害におよびながら、まだほんのわずかにでも育ての親としての心がのこっていた、その証なのだと思います」

　桃花は非難とやりきれなさを同居させた視線で、棒立ちになっている薔薇を見つめた。

「あなたは、すっかり変わり果ててしまった帰蝶さまを隠さなければならないと思いましたね？　発覚を恐れて、ご遺体を遺棄した。けれどその際、荷袋をひきずるような非情なまねはなさらなかったのでしょう」

　薔薇が、ゆるゆると首をふる。

「あなたは寝ている八歳の子どもを抱き上げる母のように、両腕で抱え、遺棄をした。ちがいますでしょうか？　だから、右ひじ内側、そして下腹部に帰蝶さまの失禁がしい染みなのです」

みついたのです。これは遺体の惨状を忌避し、ただひきずったのではけっしてつかな

小刻みに、薇薇のくちびるが震えた。脱力したように膝をつく。

「あ……あたしは、あたしは……」

「けれども、死んでから抱かれたところで、幼い命にはなんのなぐさめにもなりませ

ん。生きていらっしゃるうちに、やさしく抱擁して差しあげることはできなかったの

でしょうか。孤独な子どもに、あなたはなんてむごいことを」

やめて、と金切り声が響いた。

「だって、しかたがなかった……しかたがなかったのよっ！ カッとなって平手で打

ったら、転んで……顔に大きな傷ができて！」

薇薇は枷で拘束された両手で、おのれの顔に爪を立てた。

「あんな傷をこしらえて帰ったら、あたし、また私刑を受けるのよ……」

ゆがんだ顔に浮かぶのは、深い恐怖だ。

「あのけだものの私刑は、死ぬよりおそろしい……笞なんて、ずっとずっと生易しい

のよ。わからないでしょう……？ あぁ華允、アンタは知ってるわよね？」

薇薇が虚ろな目を華允に向ける。華允は怖じたように数歩をさがった。

延明は華允を背に隠し、薇薇に冷たい目を向ける。

「それは自業自得というものです。公主を平手で打つなど、やはり虐待を」

「ちがう！　あたしが手をあげたのは、あれがはじめてよ！　最初で最後だった！　ずっと言ってきたじゃないの。帰蝶さまを虐待しているのはあたしじゃないんだって！　なのに、なのにあんなことになって……あのまま帰したら、私刑をうけたあげくに、やっぱり虐待してたのはあたしだったってことにされるじゃない！　だから……っ」

帰すわけにはいかないと、勝手に体が動いた——そう薇薇（びび）は絞り出すような声で告白した。

はっと我に返ったときにはもう、公主は鼻や口から異液を垂らし、痙攣（けいれん）をくり返していた。引き返せなかったのだと言う。

「しかし矛盾していますよ。虐待などしていないと主張しながら、あなたは公主のお世話を怠り、あまつさえ平手打ちなど」

「だって……なんど願っても否定をしてくださらないんです。帰蝶さまに無体をはたらいているのはあたしじゃないんだって、たったひと言、そのひと言さえみんなのまえで言ってくだされば、それだけであたしの冤罪（えんざい）は晴れるじゃないですか。それなのに、あんまりです」

薇薇は縋（すが）るような眼差（まなざ）しで延明を見た。

「この気持ち、延明さまならわかってくださるでしょう？　冤罪なのに、だれも信じてくれない、この孤独で真っ黒な苦しみを……！」

「それは……」

延明はもちろん、冤罪を叫ぶ絶望感はだれよりよく知っている。

――だが……。

複雑な感情に言葉が出ない。もし薔薇が言うとおり虐待疑惑に関して潔白であったならば、それを晴らす唯一の方法は、たしかに公主本人が否定することだったろう。もちろん、むりやり言わされていると疑う者は出るだろう。しかし心は救われる。冤罪であると証明しようとしてくれる者がいるだけでも、それが些細な行動ひとつだけでも、大きな心の救いとなるのだ。それは痛いほどにわかっている。

――だが、相手は子どもではないか……。

延明は歯を食いしばった。冷静に問う。

「……なにがあったのですか。順を追って説明を」

薔薇はきのう早朝、ひとりで散策に出かけた公主を追って、この回青園までやってきたのだという。「なぜひとりで行くのか」「きょうこそ食事はきちんととってくれるのか」腹をたてながら、そういくつか話しかけたという。

だが、そのすべては無視された。

「いつもそうです。いつもいつも、なにを話しかけても押し黙るばかり。ちっちゃいころは、あんなじゃなかったのに……」

公主をはじめて腕に抱いて乳をあたえたとき、そのあまりの愛おしさに涙が流れたという。亡くなった赤ん坊がもどってきた。心からそう思い、大切にしようと心血を注いで育ててきた。日々のささやかな成長こそが生きがいで、公主の存在が世界のすべてだった。愛していた。

「……帰蝶さまは内向的ではあったけど、物静かで、物わかりがよくて、とても賢い子で……その優秀さが張傛華さまの目に留まったときには、だれもが帰蝶さまと、そしてあたしを称賛したんです。自慢でした。誇らしかった……なのに」

「徐々に変わって行ったのですね」

力なく、薇薇はうなずいた。

公主からは笑顔が消え、言葉をほとんど発しなくなり、宗室の面々からはできそこないの烙印を押されてしまった。

「いくらあたしが諭しても、なにもきいてくれない。返事もしない。なんとかしようとすればするほど、あたしから距離をおこうとする……陰重な顔で無視をするんです！　あたしが悪いですか？　あたしはなにもしていないのに、言うもおぞましいほどの私刑をうけました……」

それればかりか、公主への虐待疑惑までかけられ、白い目で見られ、周囲からは孤立した。否定しても否定しても、だれもが薇薇を悪者にする。

「あたしのせいじゃないって、それだけを言ってくだされば……。なのにきのうも、やっと言葉を発したと思ったら蛹なんかを見つめて、『蝶はいいな』それだけです。なにをのんきな……あたしの、この苦しみも知らないで！」

それまで耐えていたものが爆発したのだという。考えるよりさきに、平手で打ちすえていたのだ、と。

桃花は薇薇に寄りそい、震える背中をそっとなでた。慰めるのかと思ったが、「でも」と口にした。

「あなたは、帰蝶さまが守ってくださらなかったことに腹を立てて平手で打ち、殺害にまでおよびました。ですが果たして、あなたが帰蝶さまをお守りになったことは、ただの一度でもあったのでしょうか……？」

薇薇が瞠目する。

「あなたでないのならば、だれかが帰蝶さまを苦しめていたのです。その苦しみをたったひとりで孤独に抱えていた八歳の子どもの心のうちを、推し量ったことは？　助けて差しあげようとしたことはあったのでしょうか？」

薇薇は、ただ子どもがするようにいやいやと首をふった。

「孤独な帰蝶さまにとって、あなただけが頼りだったのではありませんか？　それなのに味方になろうともせず、ただおのれの身の潔白だけを証言させようとするあなたを、帰蝶さまはどんな思いで見ていたのか、あなたは想像をしたことが？」

声にならないうめきが、薇薇の口から漏れた。いまになって、ぽろぽろと涙がこぼれ落ちる。

だがどんなに後悔をしても、これが現実だ。

自己憐憫と保身に走り、殺してしまった子どもはもう生き返らない。

「帰蝶さまをお迎えに行きましょう。蝶だけを友にして、最期の見送りまでが蝶だけではあまりにもかわいそうです」

桃花がうながすので、延明は脱け殻のようになった薇薇を立たせた。

「ご遺体はやはりこの近くに？」

「はい。小柄な子どもの遺体とはいえ、遠くに運ぶ時間もなければ、深く掘って埋める余裕もなかったでしょう。十区でいなくなったと主張していた以上、捜索を装ってここへもどってくることも、埋め直すこともできなかったはずです」

延明は林立する木々のあいまへと目を凝らした。園丁が作業をした形跡なのか、いたるところに土が小盛りになったものがあってまぎらわしい。

「延明さま、見るべきは蝶です。朴樹で育つ黒蝶には、屍食性があります」

「黒蝶……」

たしかにひとつ、黒蝶がふしぎなほど多く周囲を舞っている場所がある。

たどりつくと、土に舞い降りていた蝶までが一斉に羽ばたいた。蝶好きの公主が見たら喜んだだろうに——そう思うとやりきれない。

延明は邪魔になる上衣を脱ぎ捨て、盛り土のまえに膝をついた。土をどけようとすると華允があわてて荷物をおろし、おどろいたようにそれを止める。

「延明さま、そんな汚いことおれがやります！」

「そういう言葉はよしなさい。ここに眠っているのは女の子ですよ」

それより検屍道具の準備を急ぐように命じる。

桃花が言うように、深く穴を掘る余裕はなかったようである。道具がなかったことが大きかったのだろう。埋められたというよりも、土はほとんど被せただけと言っていい状態だった。すぐに小さな鼻がのぞき、延明はあまりの痛ましさに目を瞑った。

手を土の中に差しいれ、硬く冷たくなった遺体を抱き上げる。平らな散策路まで運んで寝かせると、桃花が毛扇でのこりの土をはらった。

薇薇は地に伏せ、ただ耳目を覆っていた。みるに堪えないのだろう。公主は首を絞められたせいで顔が紫黒色にうっ血して腫れあがり、まさに変わり果てた姿となっていた。

「こんな、むごいことを」

運ぶ間に、鼻や口から淡く赤い色をした異液が流れ出ていた。ぬぐってやりたいが、その衝動をこらえる。検屍こそが、いまこの少女にしてあげられる唯一のことなのだ。

延明はおのれに言いきかせ、華允とともに急ぎ道具をととのえた。

「延明さま、よろしいでしょうか」

「ええ、おねがいします」

ではじめます、と宣言して、桃花は慈しみをもって遺体に触れる。

「ご遺体は八歳、女児。背丈は五尺（約一一五センチ）にわずか満たず。顔面はうっ血、腫れて点状の出血あり。首の左右に三日月状の爪あとあり。手で縊っての扼殺と認められます」

延明は桃花がしめした爪のあとを、図を用いつつそれぞれ正確に木簡へと書きつける。

「桃李、手の痕はないのでしょうか？」

金剛の縊死のときは、首つりに用いた縄の痕が紫色になってのこっていたが。

「手など、やわらかい物を用いて縊った場合、圧迫した痕がのこらないことがあるのです。あるいは、非常に見えづらいなど。しかしこの爪の位置から見て、手で圧迫されたことは疑いようがないことかと存じます」

そう答えてから、腫れて変色した顔面を仔細に調べる。たしかに薇薇が言ったように、右額部と頬にひどい擦り傷があった。平手で打たれ、転倒してできたものだろう。出血の痕があり、新しかった。

それらを記録してから、総角に乱れあり、衣は襟、帯ともに乱れあり、失禁の痕跡あり、と検屍をつづける。

つぎに衣を脱がせるというので、延明も筆を置いて手伝った。公主のすっかり硬くなった腕をつかむと、やるせない気持ちが湧きあがる。延明のつかんだ指が、かるく一周してしまう細さだ。こんなことになるまえになんとかしてやれなかったのか、無力さを痛感する。

裸にしてみると、なおのことそのむごたらしさがつきつけられる。肋骨の形が浮き出るほどにやせている。

やせた胸部、淡青藍色に変色をはじめている腹部を調べ、下半身へと移行する。桃花が目をとめたのは膝だ。両膝には治りかけの擦り傷がついていた。

延明も奇妙に思う。この娘は公主だ。庶民の子どものように、裸で駆けまわったりしない。転倒したにしても、衣が膝を守っていたはずだ。

桃花はなにも言わず、遺体をうつぶせにかえる。背面は死斑が濃厚に肌を変色させていた。

「……延明さま、両の肘にも擦り傷があります。生前にできたもので治りかけのようですが、これらは地面でこすれてつくられたものと思われます。また、臀部、大腿部に複数の痣が」

死斑が現れない臀部は、痣がはっきりと見てとれた。丸みある楕円状の内出血が、いくつもついている。楕円の一部に角のようなものがついており、おそらく女性用の革履によるものだろうという。角はその厚底によるものだ。なお、宦官の履のさきは四角い形状となっている。

それらのひとつひとつの大きさを測って、桃花は眉をひそめた。

「小さい――なんてことでしょう……」

「桃李？」

桃花は目もとを歪ませ、歯列から絞るようにして言った。

「これは、子どもの履によるものです」

子ども、とかすれた声を出したのは薇薇だ。延明も瞠目する。

革履をはける身分にあり、女性で、子ども。思いつくのはひとりしかいない。

「まさか……無体をはたらいていたというのは、白鶴公主であると……？」

帰蝶公主とおなじ境遇でうまれ、ともに学びともに遊んだという公主。

――嫉妬をしていたのは関充依ではなく、子のほうか……！

おなじ生まれおなじ育ちだからこそ、くらべられることが耐えがたかったのか。信じがたい思いで痣をみる。ちょっと喧嘩をした、そんな程度のものではない。これは幾度も幾度も蹴りあげた、悪意ある暴行だ。

桃花は小さな亡骸をそっとなでる。

「擦り傷も打撲傷も、どちらもおなじ時期に受傷したもののようです。ゆえに、ひじと膝の擦り傷は裸で四肢をまげて四つん這いになり、背後から暴行をうけた際に地面でこすれてできたものと思われます」

「裸で、暴行……」

薇薇が顔色を失う。「ええ」と肯定する桃花の表情は、はじめてみるほどの強い怒りが浮かんでいた。

「ひとの尊厳をふみにじる、鬼畜にも劣る所業です」

「そんな……帰蝶さま……」

薇薇は這うように遺体に近づいて手をのばし、触れずにその手をぎゅっと握りしめた。こぶしで弱々しく地面を打つ。

遺体を洗罨、軟化させて行うのこりの検屍を終えたあと、延明は桃花に断り、脱がせたままであった衣を公主の身体にかけてやった。そのままにしておくのは、あまりにも忍びない。

公主の口の中には、左右にひどい傷があった。桃花によると、鉤のようなものをかけられた痕であるという。食事をだしてもあまり口にしなかったのは、このためであったのかもしれない。

まさか白鶴公主だったなんて、と薇薇は力なく吐露した。

「あたしは、てっきり諸葛充依さまだと……それがこんな。どうして言ってくださらなかったの……」

「公主は内気なご性情であったようですから、恐怖で言えなかったのやもしれません。あるいは、脅されていた可能性もあるでしょう。しかし公主の胸のうちを尋ねることは、もうできません。もう本人はしゃべらない。あなたがそうしたのです」

延明が言うと、薇薇の目にじわりと涙が浮かんだ。

これまで自己弁護でさんざん流してきた涙とは、どこかちがうもののようにも思えた。

それから、華允が掖廷官らを呼びに行き、到着を待つあいだのこと。

公主のわきに腰をおろし、午睡中の子どもにしてやるようにやさしくお腹あたりを撫でてやっていた桃花が、ふと首を動かした。

「――こんなところに、蛹が」

公主にかけた衣のうえに蛹が落ちていた。樹から落下してしまったらしい。

「公主が愛した蝶です。枝にもどしておいてやりましょうか」

「あ、延明さま、いけません。羽化がはじまりますわ」

なかの様子がすっかり透けた蛹が、ぶるりと震えた。

ややあって亀裂が入り、蝶の頭が姿をあらわす。それから華奢な脚で、地面に転がってしまった蛹の殻から時間をかけて懸命にぬけだした。

桃花が指をさしだすと、思いのほか力強くよじのぼる。肩までたどり着いたところで、ようやくしわしわの翅をゆっくりとひろげた。

黄色の鮮やかな、うつくしいアゲハ蝶だ。

「蝶はいいな、でしたか」

どんな思いで、公主はそうつぶやいたのだろうか。あまりにも胸が痛い。

「……蝶を愛する帰蝶さまも、じっと耐えしのぶ蛹の時期を終え、いつかこうして翅を広げて自由に飛び立てる日を夢見てらしたのではないか。わたくしにはそんなふうに思えてなりません」

桃花が言うと、薇薇が深くうなだれる。

その肩に、空から一羽の大きな黒蝶が舞い降りた。

黒蝶には死者の魂が宿るという。この蝶だけでもどうか、自由に生をまっとうできますように——そう、祈らずにはおれなかった。

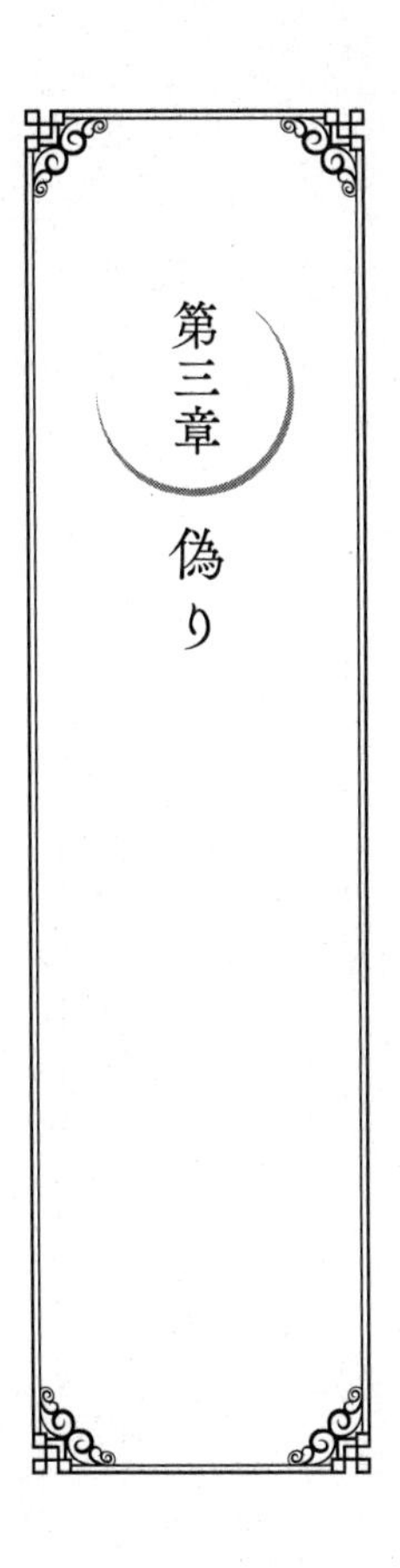

# 第三章　偽り

「ところで桃李、あなたはなぜ回青園だと目算を？　蝶好きの公主であれば花園の可能性もあったでしょう」

　帰蝶公主の亡骸が運び出され、薇薇が暴室へと再度連行されていった。

　それらを見送ってから、延明は桃花に尋ねた。桃花はサイカチで手を洗いつつ、小さく首を傾ける。

「逆にききたいのですけれども、延明さまはなぜ、理由もお尋ねにならずに了承してくださったのでしょう？」

「花園か回青園かもしれないというのは、私も考えていたのです。しかしそのあと三区で死体が発見されまして、そちらの対応に追われてしまいばたばたと……結局その死体は別人だったのですが。やや落ち着いたところにあなたから連絡をいただきましたので、やはりそうかと。念のため侍女に『日が昇ったら検屍官が回青園に向かう』と鎌をかけてみたところ、あきらかな反応がありましたので」

　その反応は同時に、彼女が殺したのだと延明に確信させるものだった。

獄から連れ出したのは、薇薇の反応を再度確認したかったのと、もうひとつ、変わり果てた公主を目の当たりにさせることで、おのれのしでかした罪の重さをあらためて理解させたかったからだ。

殺めて遺棄すれば終わりだなどと、思わせたくない。死後、亡骸がいかにむごいことになるのか、それをわからせたかった。私情と言われればそのとおりだが、後悔はしていない。

桃花はそうでしたか、と眠そうに目をこする。

「わたくしは延明さまから、帰蝶さまは早朝にお出かけになったとうかがっていましたので。蝶好きが早朝に見たいものと言えば、羽化であろうと。花園は吸蜜をする場所であって、羽化はいたしませんので」

「尿の場所にもおおよその見当がついていたようですが」

「黒蝶は蝶の王者ですので、やはり蝶好きであればその姿をながめたいと思うでしょう。回青園は、内廷の御用林に隣接しています。御用林には黒蝶が育つのに必要な朴樹がありますので、すこしでも御用林に近いほうへと歩みを進まれたのではないか、と」

しかしあくまでも予測であったため、もし見つからなければ掖廷官らの協力を得てさがすようになっただろうという。ただ、はじめから大人数で歩き回ることで、手がかりを荒らされてしまうのは望まなかったのだそうだ。

「なるほど。しかし桃李は蟲にもずいぶんとくわしいのですね」

「検屍官は蟲にくわしくなくてはなりません。たとえばそこを歩いている芫菁。これは猛毒を有し、しばしば殺しに使用されます」

猛毒、殺しという言葉に、周囲にいた華允や検屍官もぎょっとして、桃花が指さす蟲に釘づけになる。

悪用されてはかなわぬので、延明は芫菁なる甲虫を履で踏みつぶし、念のために手巾で包んで懐にしまった。

小さな声で耳打ちをする。

「……桃花さん、毒はひとを誘惑しますから、あまりそういう知識をばらまいてはいけません」

「だいじょうぶですわ。じつはその芫菁、にせものですもの」

「は？」

「それは斑猫です。よく混同されるのですけれども、こちらで死には至りません。この蟲は死体へと導いてくれる蟲でもありますので、検屍官は重宝いたします」

まさか殺すとは思わなかった、と桃花は反省した様子で言う。

なんだ、と気が抜けた。息を吐くと緊張の糸が解れたのか、一気に疲労がおしよせる。

「――あの、すみません」

道具の片づけや書きつけの整理を終えた華允が、遠慮がちに桃花へと声をかけた。

「犯人はつかまりますか？　痣だけで、偉いひとたちに納得してもらえますか？」

華允が尋ねているのは白鶴公主による暴行についてだ。

「わたくしができるのは検屍のみです。けれども、あの蹴りを行った人物は、みずからも怪我をしていると思われます。革の履は硬いですから、利き足の爪に血豆ができていることでしょう。それが証拠のひとつとなります」

華允がこんどは延明を見るので、深くうなずいた。

「今回の件は公主が被害者となった事件ですから、私の上奏が確実に大家のもとへと届きます。だれひとり見逃すなどしませんよ」

遺体発見の報せが帝のもとへ届けば、延明が御前に呼ばれるだろう。延明は現在知りうるすべてを上奏するつもりだ。おそらくすぐに詔獄がひらかれることになる。帝が直接吟味し、判決を下すことができる獄だ。掖廷では白鶴公主を取り調べることはできないが、詔獄であれば可能となる。

「さて、桃李。帰りの手配ができたようです」

延明の配下が急ぎ足でやってくる。織室に置いている連絡係りだ。だが、それを追う勢いで、副官の公孫がこちらをめざしてやってくるのが見えた。

なにかあったのか。報告をきこうと、桃花に早く帰るよううながす。ところが公孫があわてたようにそれに待ったをかけた。

「桃李殿！　お待ちを……！」

ぜいぜいと息を切らしている。担当している三区から回青園まではかなりの距離があるが、この炎天下、休まず駆けてきたのだろうか。

公孫は揖を取り、申しあげますと言う。

「三区にて発見されておりました死体の引き上げが完了いたしました。ところが、腐敗はげしく、検屍官が検屍不能であると……」

「なんと。検屍官にまっとうに仕事を遂行せよと伝えなさい」

「それが……、桃李殿ならできるだろうからぜひともお連れするようにと」

あいつか、と延明は目をすがめた。桃李に会ってみたいと言っていた、掖廷の老検屍官だ。公主の件で連れてきていると踏んで、ちょうどよい機会だとでも思ったのだろう。

「桃李はもう中宮へ帰さねばなりません」

ほんとうは織室だが、表向きはそのようになっている。正体をなるべく隠すためにも、白昼連れ歩くのは最小限にとどめたい。

断ろうとしたが、桃花本人が延明の袖を軽く引いた。

「わたくし、行きますけれども」

「しかし」

難色を示しかけて、延明は口をつぐんだ。桃花の目が、強い意志をたたえている。

「検屍官が検屍をせず帰るなど、あってはなりません。わたくしはそのようなことは絶対にいたしません。しないと、そう誓っているのです」

「誓っているとは、なにに……？」

桃花は答えない。けれどもけっして引かない目をしていた。

「……わかりました。行きましょう、三区へ」

つぎの検屍を行うべく、延明たちは数度目となる三区へと向かった。

＊＊＊

その場所は、三区で殺された李美人の殿舎にほど近い、倉の裏だった。

公孫を先頭にして現場へと向かったが、あたりにはもうもうとした煙が充満している。倉の裏には井戸があり、その周辺で焚かれた臭気除けの煙のようだった。

延明たちが到着をすると、やはりあの年老いた検屍官が煙のなかから揖礼をもって出迎える。延明は「仙人か！」と心の中で毒づいた。まぶたがすっかり垂れ、どこを見ているのかわからないのは相変わらずだが、鼻から口にかけてを巾で覆っていた。

「お待ち申しあげておりました。そちらが桃李殿にござりまするか」

「桃李はまもなく中宮に帰さねばならない。さっそく死体について案内せよ」

しげしげと観察しようとするので、それをさえぎり仕事をうながす。

「では、こちらにござりまする。かなりひどいありさまですので、ご覚悟召されますよう」

検屍官が、井戸の裏側へと案内する。すでに煙に混じって異様な臭気が鼻をついていた。魚、あるいは乳がひどく腐ったような、なんとも腥い臭いだ。臭気を歓迎して多くの蠅が飛び交っている。

ようやく引きあげることに成功したという死体は、そこで横たえられていた。日差しをさえぎるように筵がかけられている。わきにたたまれているものは、この死体から脱がせた着衣のようだ。

延明たちは鼻にごま油をぬり、生姜片を口にふくむ。すでに胃のなかから酸いものがこみあげてくるが、まだ朝餉を食べるまえでよかったと思うしかない。

「衣服から、下級宦官と思われまする。頭を下、足を上にした状態にて、この井戸のなかに浸かっておりました。名前や年齢に関しましてはいまのところ不明にござりまする」

こちらを、と差しだしたのは、彼が顔半分を覆っているのとおなじ巾だ。桃花がそれを受けとり、口もとを覆う。

「延明さまもつけてくださいませ。腐敗がひどいと、場合によっては陰気によって腐敗汁が飛び散ることもございます」

その言葉で及び腰になったのは公孫と華允だ。嘔吐されても困るので、公孫には掖廷本署を任せて帰らせることにした。実際、公主の件があるので急ぎやらねばならないことは多い。

真っ青な顔でがんとして首を横にふったのは華允だ。

「おれ、だいじょうぶです」

「わかっています。しかし仕事が多い。一か所に集まっているよりも、手分けをしたほうが効率がよい。わかりますね？　私はきょうこそ早く眠りたいのですよ」

華允がぐっと押し黙った。口では敵わぬことはわかっているのだろう。それに、延明の睡眠が足りていないこともよく知っている。

「いい子ですね。では急いで掖廷にもどり、ゆくえ不明の宦官を調べておいてください。死体の早期なる身元確認を」

いい子、という言葉にはなにか言いたげだったが、華允は不承不承に承諾した。ではたのみますと見送って、延明も手早く巾で顔を覆う。

「──延明さま、はじめます」

桃花が言い、筵が取り払われる。覚悟はしていたが、視界に入った瞬間に息が詰まるような衝撃を覚えた。

死体は腐敗により全身が緑色に変色しており、全体がぱんぱんに膨れあがっている。顔はいっそうひどく、膨隆した眼球と舌が顔の外に大きくはみ出していた。

頭髪はほとんど生えていない。もとからそういう頭なのかと思ったが、「頭髪はどちらに?」などと桃花が確認をする。これには「こちらにござりまする」という返答があって、巾にごっそりと載せられた頭髪を見せられたときには、全身の肌が粟立つのを禁じ得なかった。頭部に外傷があり、それらを検分した際にぬけてしまったのだという。

「いかがにござりましょうか?」

「これは、検屍不能とおっしゃるほどの腐敗ではないと思うのですけれども」

桃花が困惑しているようなので、そこの老人が桃李に会いたかっただけだと教えてやった。

「お手並み拝見と参りまする」

桃花のとなりに陣取るので邪魔だと思ったが、さすがにこの腐敗状態で、延明が手伝えそうなことは限られている。今回は筆記に専念しようと心に言いきかせた。

桃花は膝で死体ににじり寄り、やはりためらうことなく変色した皮肉に触れる。

「年齢不詳、浄身、頭髪は容易に脱落する。手の皮と足の皮はすでに脱落」

言われたとおりに木簡にしるしながら、死体を確認する。たしかに手や足は、白くなった皮が厚くべろりと手袋状にはがれていた。

「桃李、この手足の皮の状態ははじめて見ます」

「水に浸かっていたようですので、ふやけてこのように」

「溺死であった小海のときはなっていませんでしたが」

「水に浸かっていた時間がちがいますので。小海さまは白変したのみでしたが、こちらはすでに数日が経過していると思われます。夏ですので、三、四日ほど経つとこのように手袋状に手の皮が脱落をいたします」

「死後三、四日？」

「硬直も解けてやわらかくなっていますし、おおよそ。けれどもあくまでもおおよそですので、ご承知おきくださいませ。身元を特定して、いつから姿が見えなくなったのかという情報と照らしあわせる必要があります」

ふむふむとあごをなでながら、老宦官が熱心に聴いている。

しかし三、四日と言えば、曹絲葉の墜落死体が見つかったころとほぼ同時期である。三区は本当にこういったことがつづく。無人であるのがよくないのであろう。今後また犯罪に使われてもかなわないので、厳重に封鎖できるよう上奏しようと心に留めた。

「目立つのはこの頭部の外傷です。前頭部に擦り傷を伴う打撲痕、左側頭部にも小さな打撲痕、そして後頭部には表皮の剝離を伴う挫傷がございます」

後頭部の受傷が重いようだった。腐敗で膨れたためか、傷もまた膨隆し、皮ごとめくれかけている。

「他物による殴殺ですか？」

他物とは刃物以外をいい、鞭、棒、石、履など、手足をふくまないあらゆる凶器が定義される。だれかと殴りあったにしては傷の位置が高いので、棒などの凶器を使用したのかと延明は思ったのだ。

しかし桃李はまだ答えない。おまえはどうなのだと老宦官に視線で問うた。

「まず、自害でないことは明白であると思われまする」

「それは私でも見ればわかります。頭を殴られている」

「いいえ。頭部の外傷は、井戸への落下でもできまする。ただわたくしめどもは、井戸へ投身する際は足が下であるか否かで判断をいたしまする。死を決心しても、頭から暗い井戸へと飛びこむ者などおりませぬゆえ」

なるほど、たしかにそうだ。

「あとはなんとも。この後宮においてこれほど日にちの経った死体、ましてや数日ものあいだ水に浸かった死体など、検屍をする機会もそうそうございませぬ。これほど年老いても経験が足りぬということにございまするな。いやはやあと何百年生きれば玄人腕となれますことやらわかりませぬ」

「殴られて死んだのか、水中に落とされて死んだのかくらいは判断できないのですか」

「若きころ、こういった場合は腹が水で膨れているか否か、口や鼻などから水が流れ出るか否かでもって判断せよと教えられましてござりまする。しかしそれもここまで腐敗でふくらんでしまえば判別がつきませぬ。舌を取りのぞき口から流れ出るものが、はたして井戸水であるのか、腐敗汁であるのか、わたくしにはわかりませぬゆえ」

などと話しているうち、桃花は立ち上がり、井戸をながめはじめた。

古くにつくられた桔槹式井戸で、井戸の径は大きく、一辺が二尺半（約五八センチ）、もう一辺が五尺（約一一六センチ）の方形をしている。井壁を木柱で補強してあり、非常に深い。井桁は石と版築煉瓦で固められ、囲われていた。その高さは二尺半に満たない。

「――血痕があります」

桃花が指したのは、井戸にほどちかい地面だった。五銖銭ほどの大きさの血痕が、たしかにぽたりと染みている。

「桃李、周辺を見てきてもよいですか？」

どうぞというので、一旦筆を置き、周囲を這うようにして調べる。やはり、ほかにもおなじものが見つかった。血痕の間隔は広く、あやまたぬよう慎重にたどっていくと、それは付近に立つ倉のなかへとつづいているようだった。醢や発酵魚など、臭いが強烈な貯蔵食を置いておく倉のようだ。

老宦官を伴って、なかへと足を踏みいれる。内部は土間で、中身が入ったままの甕がいくつものこされていた。鼻がすっかり麻痺していてわからないが、臭いのだろう。

死体がすぐに見つからなかったのは、これに臭気がまぎれていたためと思われた。

延明は冷たいまなざしで老宦官をふりかえる。

「桃李を試しましたね？　血痕が見つかっていないはずがない」

土間には、あきらかな血痕があった。こちらは五銖銭どころか、頭ふたつ分ほどの大きさがある。付近の甕にはそれぞれ重石用の漬け石がのっていたが、ひとつたりない。

「試したわけではございませぬ。予断を持たせるのはよきことではございませぬゆえ、桃李殿がご自身でお気づかれ召されますのを待っておりましただけにございまする」

「適当なことを言う」

桃花はまだ井戸を仔細に見ているので、急いでそばへともどった。

「桃李、そちらの建物内に大きな血痕がありました。おそらく、後頭部の外傷はそちらで受傷したものでしょう。重石がひとつ見当たりませんでしたので、それが用いられたのかもしれません」

問題は、頭部外傷で死亡したのか、そののち井戸に落ちて死亡したのかだ。

頭部の受傷で絶命していたのなら、犯人が死体を井戸に遺棄したことになる。

――倉から井戸まで、近いとはいえ重労働か。

死亡し、重心を保てなくなった成人の身体は運搬が困難だ。それをやってのけたのなら、犯人は複数、あるいは体格の良い宦官と目される。

だが被害者がみずからの足で井戸までやってきたのであれば、女官にも可能だ。井桁は低いので、突き落とすだけで――

「溺水による死亡です、延明さま」

桃花がすっくと立ちあがった。

「後頭部の傷は致命傷ではございません。他物にて後頭部に受傷後、やや左にかたむいて前傾に倒れ、左側頭部を打撲。それから自身の足にてこの井戸までやってきたのでしょう。井桁にも血痕がございます。ふらつくなどして、おそらくここに手をついたのだと思われますが――あれを」

桃花が指したのは、血のついたへりとは反対側、井戸の内壁だった。目を凝らすと、なにかがこびりついているのが見える。

「頭髪です。ご遺体の宦官はひくい井桁に手をつき、その手をすべらせる、あるいは突き落とされるかなにかをして頭から井戸内部へ転落。前頭部の擦り傷を伴う打撲、および井戸内部の頭髪はその際に勢い余って衝突し、ついたものでしょう。前頭部の傷には打撲痕——つまり皮下での出血が認められることから、この時点では生きていたことになります。ですので、溺死とわたくしは鑑定をいたします」

＊＊＊

日が西にかたむくと、ほっとする。紅子（こうし）はそう言って床に大の字になって寝そべった。

「やっとこの暑さから解放される。きょうもしんどかったねえ」

「そりゃそうよ。機織（はた）りは全身運動だもの。あたし、早く片づけて衣洗いに行ってくるから」

才里（さいり）は機の周辺にころがっている糸巻きや杼（ひ）をひろい、道具入れに片づけながら言う。ちなみにこの「行ってくるから」は、なぜか強制的に桃花も道連れの意味である。

いまひとつ納得がいかない。

「あー、あたしも汗でべたべただ。でも食事をさきにするか、洗濯をさきにするかでちょっと悩むね」

「洗濯がさきよ。乾かなかったら困るもの。だからほら、寝っころがってないで早く早く。桃花も、目が閉じてる！」

「……仕事が終わりましたので、わたくしは寝たいのですけれども」

「どうせ書き仕事しながらじゅうぶん居眠りしてきたんでしょ。もどってくるのすごくおそかったもの。起こしに行ってやろうかとも思ったくらいなんだから」

「眠る余裕などありませんでしたわ」

どきりとしながら、そう答える。

桃花は甘甘のもとで帳簿づけを手伝うという名目で外出をしていたのだ。甘甘も口裏を合わせてくれていたが、もしほんとうに才里が訪れていたならめんどうなことになったかもしれない。今後、要注意だ。

「きっと秋の帳簿締めをまえにしているので、あわただしいのですわ」

「そうなの？　なんだか官吏もあわただしくて、後宮もばたばた。天気も暑いわりにいまひとつで、こう、どこかよくない感じよね。迷子だった公主さまも亡くなっていたっていうし」

才里は表情を曇らせた。

帰蝶公主の遺体が見つかった――その報せは瞬く間に後宮を駆けめぐった。同時に母である諸葛充依、その宦官、それに関充依、娘の白鶴公主付きであった女官たちにいたるまでが縄につくという大捕り物となったらしい。なお、のこされた白鶴公主は蟄居中であるとのことだった。

「かわいそうだねえ。まだ小さかったはずだろ？」

「たしか八歳。あたし、公主さまが酷遇されてるって知ってたのに、なにもできなかったわ」

「しかたないさ。下っ端ってのはそういうもんだよ」

「わかってる。でもそういうのって、しかたがないわよねって、そういう考えかたしちゃいけないのよ。ちがう？」

きっと、ちがわない。桃花は心の内で同意した。

だれかは助けることができた。けれど、みんなだれかになろうとはしなかった。桃花も含めてそうなのだ。その事実は胸に深く刻まなければならない。

「死んでから悪いやつらが捕まったって、おそいじゃない。もうっ」

「こら、あんたが怒ってどうする。壁をけるんじゃないよ」

紅子が諭しながら、三人で織房を出る。

「しかしね、才里が言う『よくない感じ』ってのは、あながちまちがってもない気もするんだよね」

軋む廡下を横ぎって猫が飛び出す。織室で飼っている、蚕を守るための猫だ。紅子はそれをあからさまにいやそうな目で眺めた。

「三区でまた死体が見つかったらしいじゃないか」

「またなの？」

「おかしいだろ、どうかんがえたって。あたし最近思うんだよ。李美人さまが産んだ死王ってやつはほんとうにいて、後宮を呪ってるんじゃないかって」

紅子の目は、いやそうにしつつも猫を追っている。そういえば、はじめて会ったときも猫をいやがっていた。赤子のように鳴く猫がいて気味が悪いという話だった。

「ああ、紅子は李美人のとこで働いてたんだものね。そんなに気になるなら、木牌が手に入るようにあたしも協力するけど」

「木牌？」

「護符よ、護符。幽鬼におびえる女官のために、春くらいに皇后さまがひそかにお配りになったんですって。ずっとまえ、呂美人のとこの女官が言ってたわ。なんかよくわからないけど、それを持っていると死王の声がきこえなくなったとかなんとかって」

「へえ、でもほんとにきくのかい？　結局、呂美人の女官はみんな焼け死んじまったじゃないか」

「でもほら、暴室に収容されるときには護符も取り上げられてたんじゃないかしら？

私物をそう簡単には獄中になんて持ち込めないじゃない」

たしかにそうだ、とふたりの話をききながら、桃花も思った。

桃花も暴室にいたことがあるが、あれは延明の手配であったからこそ、祖父の形見なんて私物を持ち込むことができたのだ。通常は着衣を含めてすべてが掖廷に没収されてしまう。

「そっか。まあ、あたしには呪い殺されるような心当たりはないんだけど、こうもたてつづけだとね……。もし手に入るようならお願いするよ」

まかせて、と才里が胸をたたく。

桃花がぎょっとしたのは、食事を優先した紅子と別れ、洗濯のために井戸へと強制的に連れられて行く途中だった。

延明との連絡係りとなっている宦官が、桃花を待ちうけるようにして立っていたのだ。

「姫女官」

呼び止められて、とっさに才里を見た。

「いいわよ、いってらっしゃいな」

「なぜそんなにもうれしそうなのでしょう……」

「あら、そりゃあうれしいわよ。友だちだもの」

才里は笑って、桃花の髪をさっと整えてくれる。

「あたしたち女官なんて、後宮に入ったらもう一生の終わりよ。いつ死んじゃうかもわからない。だから寝るばっかりが楽しみだなんて、そんなこと言うのはやめてちょうだい。もったいないわ。寝るなんて、そんなの死んでからだっていくらでもできるじゃない」

手際よく髪を整え終えると、仕上げにさっと紅を引かれる。身を引いたけれど間にあわなかった。

「ほら、じゃあがんばるのよ！」と、才里に背を押される。なぜか「あんたもね！」と連絡係りの背も叩くと、才里は足どりかるく洗濯へと向かっていった。

「あの。すみません……」

なんとなく謝ると、連絡係りはゆっくりとかぶりをふる。寡黙だがすっと背筋が伸びていて、ただ佇んでいるだけできれいと思わせる青年だった。

「よき友人かと」

彼はそれだけを言い、桃花を先導して歩く。

通されたのは彼の房で、桃花は一瞬無の境地になった。これはだれに見られても完全なる誤解を招くだろう。いや、むしろそのほうが隠れ蓑としては間違いないのか。もうなにが正解なのかよくわからない。

「ご苦労。下がっていてかまいません」

私物のたぐいがほとんどなく、がらんとした房のなか、延明は膳を用意して待っていた。膳の上には炊いた粟のほか、鯉料理がのっている。どちらかというと膾のほうが好みだが、豆豉で煮た鯉はこっくりとしていて、これもまた夏の美味だ。

ひとり分にしては多いので、いっしょに食べつつなにか話がしたいということなのだろうと察する。それにしてもおいしそうだ。

「連絡係りのかたもいっしょに召し上がっては?」

周囲を確認して出て行こうとする背中に声をかける。彼は非常に困惑した顔でふり返った。

「よしなさい。上官と食べる食事など、味がしません。彼のぶんはべつな場所に用意してありますよ」

延明が言うと、そのとおりだと目で同意をしめし、連絡係りは房を出て行った。

「そういうものでしょうか」

「接待せねばなりませんからね」

「わたくしはいたしませんけれども」

「知っています。私はあなたの上官ではありませんし、たしかに秩石で言えば立場はうえですが、なんと言いますか、対等でしょう」

席につくなり、どうぞ、と大皿から料理をとりわけられる。素直に受けとってしまったが、これは対等なのだろうか。対等ならば、性差を考えて桃花がやるのがふつうである気もする。いや、性が関係ないからこその対等なのか。

「なにをむずかしい顔を。鯉はお気に召しませんでしたか？」

「いえ、好きですけれども」

好きと言っておきながら食べないのも無礼である。ということにして、桃花はなにも気にせず箸を運ぶことにした。考えてみれば、いまさら遠慮をするほうがおかしい。ふっくらとした鯉の身は、その独特の風味を豆豉が深いコクとうま味に変えていて、じんと頬に染みる。おいしい。

よそってもらったぶんをぺろりと平らげてから、延明の箸がほとんど進んでいないことに気がついた。

「どこかお加減が悪くていらっしゃいます？」

「いえ、さすがに二度検屍をしたあとでは、食欲が……」

延明は力なく笑う。顔色もあまりよいとは言い難い。

「疲れているというのもあるのだと思います。夜を徹することもありますので。ただ、桃花さんのご協力ですこしずつ片づいてきていますので、非常に感謝をしていますよ」

そのうちのひとつ、さがしていた金剛の棺の件だが、発見に至ったという。

「桃花さんの予想どおり、『宝（パオ）』をもどされ、なかなかよい棺にて葬られていました。再検屍をするまでもありません。何者かに火付けを依頼され、実行、そして自縊死（じいし）をすることによって、来世という大きな報酬を得ていたわけですね」

「掖廷獄（えきていごく）への火付けはなんのために、という疑問はのこっていますけれども」

「囚人を狙ったと見るのがもっとも有力だとは思うのですが、いまだはっきりとはしていません」

あの火災では、司馬雨春（しばうしゅん）や呂美人（りょびじん）、そしてその女官たちを含めた多くの者が亡くなったときく。

「……そういえば、呂美人さまの女官たちは、やはり私物を没収されて収獄されていらっしゃったのでしょうか？」

延明（えんめい）が意図を測りかねるといった顔をするので、さきほどきいたばかりの護符の話をする。延明は『死王』ときくとあからさまにいやな顔をしたが、たしかに護符も没収されていたと答えた。

「もっとも多く配ったさきが、呂美人の女官であったのです。当然といえば当然なのですが、怯（おび）えていましたからね」

「それらの護符は廃棄を？」

「火災で焼けたかと。護符は複製されぬよう、娘娘（ニャンニャン）の簡易な花押（かおう）がされていまして、娘娘の筆のついたものですから廃棄するのも畏れ多く。せっかくなのでまた後宮にて配ろうと思って一時保管していたのですが」

すこし落胆した。もしのこっていれば融通をたのもうかとも思ったが、無いなら口にしないほうがいい。わざわざあらたに用意でもされては、申しわけない。花押があるのでは皇后の手を煩わせることになってしまう。

「それとですが、公主の件もほぼ片づきましたよ。白鶴公主の侍女らが自白をしました。白鶴公主とともに、帰蝶公主に無体をはたらいていたのだと」

検屍の際にみつかった傷痕は、裸で四つん這いにした帰蝶公主にまたがり、口に鉤をかけて手綱とし、『人間馬』にして遊んだときのものだという。これが白鶴公主いちばんのお気に入りの乗馬遊びだったというからまことにおぞましい話で、身震いがする。

「そういった暴行はやはり、妬心からはじまったもののようです。ただ帰蝶公主が学びを放棄したあとも、止むことはなく、以来ずっと……。だれかに話したら馬にしているところをみなに見せてやると、かなり脅していたようです」

「白鶴さまはどうなるのでしょう」

「まだ詔書は下っていませんが、おそらく東朝に送られることになるかと」

東朝は、先代の后妃や女官たちが暮らす場所だ。後宮は今上のためのものであるので、帝が替われば後宮も総入れ替えとなる。父の妻を息子が妻とするような倫理にもとる間違いを起こさぬためでもあり、のこることは許されない。その移動先が東朝と呼ばれる東の宮殿である。

東朝の頂点は帝の母である皇太后であり、白鶴公主は皇太后のお世話をするという名目で送られるのだという。

「それだけか、とは思わなくてよいですよ。皇太后も白鶴公主におとらぬ人物ですから。とり巻きの侍女たちももういませんし、おのれのしでかした残虐さを身をもって知ることになるでしょう」

言い終えると、延明は箸で栗をすくい、けれどもやはり口に運ぶことなくそれをおろした。食べる気になれないらしい。

代わりに、重く長い息をつく。

「しかし今回の事件、なんとも後味の悪いことです……。梅婕妤と曹絲葉、帰蝶公主と薇薇。どちらも生さぬ仲の母娘といってよい間柄であったというのに、こうもちがう結末を迎えるものですか」

目を病むなか、娘のために危険な屋根におり墜落死した母もいれば、守るべき娘をその手にかけて殺してしまった母もいる。延明はやりきれない表情でそう言った。

「大切にされていた梅婕妤に対して、帰蝶公主があまりに憐れに思えてなりません」

「侍女のかたは心から悔いていることでしょう。悔いたところでなにも返ってなどきませんけれども。そして婕妤さまもまた、深く苦しんでらっしゃることと想像いたします」

「想像ですか」

「ええ。わたくし、母娘の情というものとは無縁でしたので、実体験からとは申せませんもの」

「もしや母君を早くに亡くされた？」

いいえ、と首をふる。

「おそらくいまも健在でしょう。ただ、娘を産み、娘を愛することができなかったひとですわ」

「なぜ」

「後宮も俗世もおなじです。望まれるのは男児ですもの」

桃花(とうか)を出産したあと二子目が望めなくなった母は、正妻でありながら肩身の狭い思いをすることになった。父は男児を望んでたくさんの妾(めかけ)を囲い、そのために散財もした。

「もし、生まれたのが女ではなく男であったなら――そう思わずにはいられなかったのでしょう。別れのその瞬間までも、わたくしの存在を認めることができないひとでした」

「……桃花さん、あの、重い話をしながら魚の目玉をしゃぶるのはやめてください」

延明はまじめな顔をつくっているのが限界になったのか、片手で顔を覆い、くつくつと肩をゆらしはじめた。

「魚は目玉と頬が一番おいしいのですけれども」

「わかっています……わかっていますが……！」

延明は可笑しそうに目じりをぬぐう。

ひとしきり笑って落ちついたところで、延明は背後からひとつの包みを取りだし、桃花の膳のわきへとおいた。

「これは？」

「はぁ、忘れるところでした。深衣です。暴室から横流しにされていた侍女の深衣を、あなたが買い取ってくださったでしょう。あれは証拠の品として受けとりましたので、その代替のものを」

代替、と桃花は包みを見る。たしかに買い取ったが、桃花の手もとから無くなったのは陳皮の茶であって、深衣ではない。

「これを亮さまに差しあげるわけにもいきませんし……」

「亮？」

思わずこぼれた独り言だったのだが、延明が食いついてくる。

「亮とは？」

「織室宦官のかたです」

「なぜ？」

そんな据わった目で詰問をされても、と思う。ついさきほどもきいた「なぜ」とはずいぶんと響きがちがう。

延明はすっかり忘れているようだが、下剤を飲まされ、鼠取りまでさせられた人物である。得意な相手ではないが、桃花とてさすがに気を遣うではないか。

説明をすると、延明は低い声を出す。

「それで、私があなたに差しあげた薬や茶をその男に貢いでいる、と？」

「いただいたものを差しあげたのは事実ですわ。けれども返礼もいただいておりますので、貢いだことにはなりません」

「あなたが帯につけているその飾り、華允とおそろいのようですが、もしやそれが？」

「ええ。わたくし海を見たことがありませんので、こういうのはすてきだなと」

正直に答えると、延明はあきれたように天井をかるく仰いだ。

「……ご存じですか？　女性が花や香草のたぐいを贈り、男性が佩玉を返す。これは古くより恋人どうしの仲であると」

「渡したのは原料が植物とはいえ薬ですし、もらったのは貝の帯飾りですわ。延明さまがおっしゃるものとはまったくちがいますけれども」

なんでも強引に恋だのなんだのに結びつけようとするところは、延明も才里もおなじなのか。

桃花はあきれたが、延明は深い深いため息をつく。

「……まあ、わかっていますよ。どうせ検屍官でなければ興味など抱かないのでしょう」

「そういうことですわ」

答えて、粟をかきこむ。粟は味自体は淡白だが、つぶつぶともちもちが混在した食感がたまらない。鯉をのせたらなおおいしかろうと思ったところで、さきを読んだように延明がよそって粟のうえにかけてくれた。

礼を言い、絶妙な組み合わせを堪能する。

延明がなにか言いたげにじっと眺めているので、食べながら目で問うた。

「――桃花さん、その検屍官に嫁ぐという目標ですが、変えませんか？」

そんなことかと思う。思うだけで、桃花は答えない。

変えるもなにも、桃花は女なのだ。それ以外には選択肢が存在しないことを、延明はきっと失念している。

「ごちそうさまでした。では、おやすみなさいませ」

食べ終わったので礼をして、さっさと辞去することにする。

延明は引き留めず、「よい夢を」とだけ言った。

その言葉がふしぎと温かくて、一瞬だけ足を止めてふり返る。

「……延明さまこそ、よい夢を」

桃花は悪夢を拒まない。だが、よい夢をと願う言葉は優しさのこもった祈りで、相手へのいたわりだ。

しっとりと胸に染みこむように心地よくて、自然と口もとがほころんだ。

＊＊＊

田寧寧の昇格は、帰蝶公主の服喪のために延期となった。

皇后許氏と太子を支持する派閥からは、やはり落胆の声が大きいようだ。

「懐妊した様子はないのか」

翌日、焦れたように延明に問うたのは太子だった。

内廷と外とを分かつ、路門の一室。今回は伴った客もなく、供の者もさがらせてある。だれが見ても密談と言っていい状況だ。

なお、太子といえどもこれよりさき、禁中への出入りはけっして自由ではない。母である皇后への面会はゆるされるが、耳目もある。適度に狭く密閉されたこの場所のほうが、使い勝手としてはよいのだろう。

「は。田寧寧が申すには、月のものがやや遅れているのではないかとのこと。しかしまだ確証を得るには早いかと」

「そうか。では母上に厳重に保護するよう伝えよ。――皇上の体調を不安視する向きがある」

太子は声を潜めた。

「禁中に納入する薬材の動きが水面下に潜った」

太子はこれまでずっと、帝の侍医である太医と外とのつながりを監視してきたのだという。

ちなみに、ずっとというのは立太子されるよりもまえからであり、どうやら誕生時から皇后の父が手の者を薬業者にまぎれこませ、長年情報を得ていたもののようである。いずれくる帝の崩御にそなえていたのだろう。

「では、梅氏が妙な動きをしていたのはそのためでしょうか」

「すでに把握している可能性は高い。なにせ梅氏は中朝官だ」

政は、中朝と外朝とに二元化されている。この中朝というのは禁中に出入りがゆるされた腹心らで構成されており、梅氏はまさにそのひとりなのだ。太子よりよほど禁中への出入りが容易であり、帝と顔をあわせる機会も多い。

帝になにか体調不安があれば、まっさきに知ることができただろう。

「なにか仕掛けてくる可能性が高い。これまで以上に気をつけよ」

「御意」

梅氏は随一の権勢を誇り、その娘である梅婕妤(しょうよ)もまた、後宮にて随一の寵愛(ちょうあい)を得ている。しかし皇后の一族である許氏とは対立する立場にあるので、このまま太子が即位することになれば排斥されることは明白だ。

権力を維持するためには、娘の子――蒼(そう)皇子を即位させなければならない。

――あるいは、第二皇子を擁立するか……。

第二皇子はすでに王として遠地に冊封されているが、太子を廃してこの即位に一役買えば重用される。とはいえ城外のことになるので、こちらは太子が中心となって対策に動いているだろう。

延明(えんめい)が見なければならないのは後宮だ。

「もしや私が掖廷令(えきていれい)に置かれたのにも、大家(ターチャ)の体調不安と関連が？」

「かもしれぬ。皇上とて、後宮動乱は望むまい」

後宮動乱。なんともいやな響きだ。

延明はそれから、掖廷火災について現時点で判明しているすべてを報告し、太子の御前を辞した。

署へともどり、席につくや否や、掖廷官が報告にやってきた。

三区を封鎖したいという要望が裁可されたので、さっそく朝一番に実行にうつさせていた件である。

「後宮三区の封鎖、さきほど完了したとのことです」

「想定より時間を要した原因は？」

「それが、門内に人影がありまして、捜索と追い出しに時間を要したとのこと」

延明は眉をひそめた。

無人であるのをいいことに、夜間にふしだらな逢瀬に使う者がいることは承知していた。そのために夜警もまわらせていたのだが、いまはまだ昼日中である。

掖廷官も戸惑った顔だ。

「封鎖にあたった官がひとりの女官を捕まえ詰問したところ、職務のあいまに宝さがしにきていたと答えたそうでして」

「宝さがし？」

「は。高莉莉の隠し財産が埋められているらしく」

高莉莉とは、かつて三区の李美人殺害に関わった女官だ。たしかに彼女の房の床下からは、その報酬として受けとった高価な品が掘り起こされていたが……。

「高莉莉の周辺はすでに調べが終わっています。あれ以上なにかが埋まっていることなどないでしょう。だれです、そのようなくだらぬうわさを広めているのは」

ばからしい。そう言い捨てようとして、待てよと思う。

うわさには気をつけたほうがよい――それはこれまでの経験で骨身にしみたことではないか。死王のうわさは李美人の父によって吹聴されたものであり、宦官の大海が馮充依に恋着していたというのもまた、懿炎によって故意に流された偽の情報であった。

今回も、何者かが故意に流した情報という可能性もある。風を制する者は戦を制するともいう。風とはすなわち情報のことだ。

「前言を撤回します。その詳細を急ぎ調査せよ。出もとをたどることができればなおよいです」

は、と応え、掖廷官は数人の部下を連れて任務へと出た。

つぎに、几上の報告書に目をとおす。三区でみつかった宦官の死体の件だ。

身元については検屍のまえに華允に調べるよう命じていたが、こちらも想定より時間を要した。三区で見つかった死体であるのに、後宮内にはゆくえ不明とされている宦官がいなかったためである。

内廷全域にまで対象を広げ、莫大な名簿と所在を確認するはめになり、ようやく特定に至ったのがきのうの夕のことだ。

結果、これは禁中警備をつかさどる鈎盾署の宦官だと判明した。

禁中は門を黄門署が管轄し、内部を鈎盾署が管轄する。とはいえ、後宮内部に鈎盾の者がやってくることはまずない。

なにをしに後宮へとやってきたのか、なぜ三区で死んでいたのか。それらは現在調査中である。

――人手が足らぬな。

溜まっていたその他の仕事も山のようにある。延明はそれらひとつひとつに目を通し、決裁を進めた。決裁の際は、手もとに届いた文書とその返答の両方を浄書せねばならないので、これもまた非常な手間だ。筆記係りである華允と手分けをしても簡単に終わるものではない。

半分ほど山が片づいたところで、公孫がやってきた。

鈎盾署にて、ひととおりの訊き込みを終えてきたという。報告をとうながしたが、成果がはかばかしくないことはその顔を見ればわかった。

案の定、公孫は「それが……」と切りだす。

「三区にて死亡していた宦官、名を浪浪というものですが、交友関係を調べましたところ、とくにこれといって暴力に発展するような問題を抱えてはいないようでした」

「後宮とのつながりは？」

「それもとくには無いようでして。ただ……どうも穴を掘りに行ったようである、と」

「穴？」

「本人がそう言っていたようなのです。まず、同僚が浪浪を最後に見かけたのは四日前の朝とのこと」

きのうの検屍時点で死亡から三、四日とのことであったので、これは検屍結果による死亡時期と相違ない。

その翌日は浪浪が洗沐であったので、姿を見かけなくともだれも気に留めていなかったという。ゆくえ不明であると判明したのはその翌日、出勤時間となってからのことだ。

「この最後の目撃証言をしているのが同僚の二名。どちらとも浪浪との関係は良好。不寝番明けの朝、小形の鋤を手に出かけようとしていたので声をかけたところ、『寝るまえにちょっと穴を掘りに行ってくる』と答えたとのこと。よもや後宮へ向かったなどとは夢にも思わなかったそうですが」

――三区に穴掘り。

　まさか、と思う。

「宝さがしってやつですか？」

　口に出したのは華允だった。

　公孫が目を丸くするので、高莉莉の隠し財産について説明をする。話をきくと、公孫も困惑を見せた。

「すると、浪浪もその『宝さがし』に向かい、そのさなかに何者かと悶着が発生し、殴打された、ということですか」

　三区からは血痕のついた石が発見されていたが、あれはやはり倉で使われていた重石であると判明している。

　その場にあったものを凶器としていることから考えても、突発的な犯行と考えて問題ない。犯人は凶行後、逃げる途次で石を捨てたのだろう。

「延明さま。いまから四日前っていうと、ちょうど梅婕妤の奶婆の墜落死体が発見された日ですね。あのときにはすでに井戸のなかで死んでたってことですか？」

「おそらく。浪浪も、あの騒ぎのなか平気で宝さがしをしていたとは思えませんし、そもそも朝から忍びこんでいたのなら、さすがに夜警時間となるまえに帰るのがふつうでしょう。不寝番明けとのことですし、あるかないかわからないもののために二晩も徹夜をするとは思えません」

「倉と櫓、距離としてはそう離れてないんですけどね……気づかれなかったなんて、ちょっと憐れに思います」

たしかにそうだが、だれも無人の三区にもうひとつの死体があるなどとは思わないだろう。しかも、井戸のなかである。

「では公孫、この件をひきつづきお願いします。倉、あるいはその周辺にて浪浪が持ち込んだと思われる鋤が落ちていないかの確認を。また、三区へ出入りしていた者がほかにいるかもしれません。宝さがしのほか、あそこは倉ですから、保存食を取りにきたものがいる可能性があります。それらのなかに浪浪の姿を見た者がいないかの確認を」

指示を出し、公孫の背を見送る。

ほっと一息入れたいところだが、こなさねばならない仕事はまだいくらでもあった。

「しかし、後宮門番の役割を考え直さねばなりませんね。後宮とは関係のない者の通行を容易に許可してしまうとは」

後宮は墻垣で囲まれており、なかに入るには門を通過する必要がある。が、宦官は夜中も職務で出入りすることがあるため、使用人用の側門での出入りで止められることはまずない。

禁門のさらに内にある門であるため、厳重でなくともよいという向きは理解できるのだが、放火の件を考えてもやはり意見書の提出を検討する必要があるように思う。

「じゃあ、それも文書を作成しますか？」

「……手が空いたらということにしておきましょうか」

仕事には優先順位がある。

意見書を書くまでにどれだけ日がかかるのか、考えただけでうんざりとした。


あらたな情報がもたらされたのは、丸一日経ったあとのことだ。

事件当日、倉に保管してある魚を取りにきた女官が存在し、公孫がそれをつきとめたのだ。

女官は隣接する五区の所属。三区の倉に侵入したのは夕餉の支度をはじめた時刻――まだ大還のころ（午後三時ごろ）だったという。魚の醢は堪らなく臭うので、勝手に場所をつかわせてもらっていたとのことだ。

このとき、女官は倉の土間に黒い染みがあることに気がついている。だが、よもや血痕だとは思わなかったとのことで、とくに不審に思うこともなく魚を取りだし、持ち帰っていた。

浪浪がこの場所で頭部を殴打された時刻を推定するうえで非常に重要な証言だったが、捜査はそれ以上の進展をみなかった。

＊＊＊

「こっくりこっくりしているわりに、仕上がりはまあきれいなのがふしぎよね」

才里は桃花の織りあげた綾を確認しながら、しきりに首をかしげた。

「寝てるようで、寝てないってことなのかしら？」

「おそらくですけれども、一瞬寝て一瞬起きてをくり返しているのですわ」

「は？　なにそれ奇跡？」

わけがわからないと言って、検品を終えた絹をまとめた。

紅子は図案が描かれた花本を確認しながら、機の経糸を引きあげるための綜絖を調節する。上手くいかないのか舌打ちをしたところで、才里が助けに入った。

「ありがとうね、才里。あんたにはいろいろ手伝ってもらってばっかりだ」

「気にしないで。あたしでしゃばりなの。ありがた迷惑だなってことも多いだろうから、そういうときははっきりそう言ってね。ぜんぜん傷つかないから、むしろお願い」

「では、寝ているときに話しかけてくるのはやめていただきたいのですけれども。あと、ひとの顔に勝手に紅をぬるのはいかがなものかと」

すかさず桃花が言うと、才里は「は？」と青筋を立てる。

「なに言ってんのよ、まえも言ったけど、あたしはあんたの目覚ましのために話しかけてるわけ。それに女は情報戦よ！　情報弱者はこの後宮を生き延びることなんてできないんだからね。あと、あんたに紅は似合うからこれからも勝手に塗る！」

途中まではともかく、最後のはなんなのだろう。

いまも、いつの間にか紅を引かれている。うとうとしてこぼれそうになった涎をぬぐった袖に、色がついていた。

「こら、迷惑そうな顔しない。深衣を贈られたってことは、おしゃれしてほしいってことでしょ。もっと色気づきなさいよ」

そんな暇があったら寝たい。気持ちが顔に出ていたのか、才里は盛大にため息をついた。

「あんたね、なんども言うようだけど、あたしたちは一生閉じこめられて過ごすしかないの。寝てたらそれだけでほんとに生涯が終わっちゃうのよ。ごっこでもいいから、もっと若い娘らしくいいひととの仲を楽しみなさいよ」

「そういうものでしょうか」

「そうよ！」

才里が力説するほどには、いまひとつ心には響かなかったが、

「でもたしかに、一生閉じこめられて過ごすという点は問題ですわ」

このまま織室にいても、後宮を出ることはできないのだから。

「いずれは配置換えをのぞみませんと」

「そうね。にしても紅子は残念だったわよね、選考の話、いいとこまで行ってたのに無くなっちゃたんでしょ？」

紅子は「それがさ」といってがりがりと頭を掻いた。

「案外、これでよかったのかもしれないよ。どうもきな臭い話がある」

紅子が言うと、才里が目を輝かせて食いついた。

「なになに、くわしくくわしく！」

「火災の件さ。掖廷が燃えただろ？　なんか出火原因がわからないらしくて、付け火じゃないかってうわさがあるんだ」

「知ってる。それで？」

知っているのか。むしろそこに桃花はおどろいた。女官の情報網、おそるべし。

「でね、付け火だとしたら、問題はだれがやったかだろ？　あんま大きな声じゃ言えないが、皇后さまじゃないかって話がある」

「ええっ!?」

才里は大きな声を出しかけて、自分の手で口を覆った。

「なんで皇后さま!?」

「あの火災でだれが得をした？　燕寝に住まいを移した皇后さまじゃないかって」

「あの、まってくださいませ。あれは延焼ですから、偶然とみるべきなのでは？」

桃花は思わず口を挟んだ。

だが紅子はそうじゃない、と首をふる。

「問題はそこじゃない。そんなおかしなうわさがなんで流れてるのか、だ。桃花が言うように根も葉もないうわさだよ。でも逆に、根も葉もないのに流れてるってのはあやしいんだ。だれかがたぶん煽ってる」

「そうね。婕妤さま側かもしれないわ。火災にかこつけて皇后さまを非難して、田寧ごと追い落とす流れをつくりたいのかも。若い妃の誕生は脅威だもの」

「あたしらみたいな下級の女官にゃ真実なんてわからないけどさ、とにかく皇后さまと梅婕妤の敵対は危険だ。乗り間違えれば地獄まで転落する可能性だってあるだろ？　やっぱりいま、どっちかの陣営につくのはやめといたほうがいい。きっと動くよ」

なるほど、と感心した。女は情報戦とはこういうことか。しっかりと情報を集め、沈まないほうの船で渡って行かなければならない。生きのこり術だ。

「しばらくはこのまま織室にいるのが安全なのでしょうか」

「まあそういうことにはなるけど、でものんきはだめよ。主上が崩御されて東朝に移ることになるまえに、ちょっとでもいい位置についてないと。あっちでの暮らしはもっと食いっぱぐれの危険があるんだから」

「それまで生きてりゃいいけどね」

綜絖の調節を終えた紅子が、機にどっかと腰をおろす。

「秋の実りが豊かであることを祈るよりほかないよ。あーあ、蝶がうらやましいねえ。あたしも自由に墻垣を越えて、花から花を遊びわたる生活がしたいもんだよ」

「蝶どころか、あたしたちって蚕よね。飛ぶこともできず、与えられたものだけを食べて生きていくしかないのよ。生殖も管理されてるし」

「まさにだね」

ふたりの話をききながら、蚕か、と桃花はため息をついた。蚕は好きだが、蚕のような生活は望まない。

桃花は後宮を出て、検屍官にならねばならないのだから。

＊＊＊

掖廷火災からの延焼により、長く住まいを燕寝へとうつしていた皇后が、中宮の椒房殿へと帰ってきた。

再建中の涼楼については、まだ工事がすべて完了したわけではない。だが、もとより正殿である椒房殿に損害はないのだ。これ以上帝のご厚情に甘えるわけにはいかないと、皇后みずからが辞去してきたものだった。

「ぜんぶ終わってから帰ってきてもよかったんだが、田寧寧のこともあるからな」

点青が甘蔗をかじりながら言う。大きな花窓の切られた室内は明るく、席には絹張りの座が敷かれている。左右に置かれた豪勢な燭台は泰山木を模しており、銀製。几に置かれた薫炉も立派で、細くあがる煙は甘やかな香りを漂わせていた。さすが、皇后のお気に入り宦官の室である。立派な調度をあげたらきりがない。

「大家のそばには梅婕妤派の中常侍も出入りするし、こっちのほうが安全だろ」

「ええ。懐妊の兆候はどうですか？」

「月のものはまだこない。間違いないだろうと娘娘は言ってるが、どちらにしろまだ不安定な時期だ。とにかく囲って、安静に休ませることにした。口に入れるものはすべて嘗試もさせてる」

で、と点青は几にひじをついた。

「話ってなんだ？　田寧寧の様子をききにきただけじゃないんだろ？」

「ええ、ちょっと気になることがありまして。伝えておかねばと」

「ははん、あれだな。犬の件が進展したか」

夫の寝所から解き放たれた間男は、よほど解放感にひたっているらしい。てんで的外れなことを言ってくつろいでいる。

「犬の件とはあれですか、梅婕妤がやたら死王を怖がっていて妙だという話をした」

「なんだ、ちがうのか」

「ちがいます」

たしかに、気に留めている件ではある。

梅婕妤は李美人殺害には関わっていないのだから、死王を過剰に恐れるというのはどこか妙である。もともと怖がりな性格であるというが、本当にそれだけなのか、多少引っかかるところだ。

だが、今回訪ったのはその件ではない。

「三区で数日前に発見された死体の件なのですが」

「鈎盾署の浪浪ってやつか」

諜報官らを擁する点青は、すでに事件について知ってはいるようだ。

「後宮での事件をなぜわざわざ中宮まで持ってくる？」

「この者が後宮に侵入していた理由が問題なのです」

「高莉莉の隠し財産さがしだろ？」

「それですが、おかしいと思いませんか？　高莉莉が地中に財産を埋めていた件、これは公に発表されていたわけではありません」

ん、と点青の表情が真剣なものに切り替わる。

「しかもこの隠し財産のうわさですが、調べさせたところ、やはり人為的に広められたものである疑いが濃いのです」

「……たしかに。妙だな」

延明はこの件について、掖廷官に調査を命じていた。

彼が後宮にて女官らにきいて回ったところ、もとがたどれないばかりか、発見されたのは金や銀の簪であるとか、一貫銭の山であるとか、内容は具体的であるのにバラバラだ。そのくせ、見つかったらしい、まだあるかもしれないぞ、などとまことしやかに語られている。

「なんだ？　まるで三区に行かせようとしているみたいだな。三区を穴だらけにしたいのか？」

「わかりません。しかしこのうわさを人為的に広めた人物がいるとするなら、その者は『高莉莉が李美人殺害に加担して得た報酬を地中に埋めていた』と知っている人物になります」

「いや待て……おかしいだろ。関係者はみな死んだぞ。ほかにだれが内情を知ってる？　妃嬪を殺して得た金のありかなんぞ、だれにしゃべるって？」

「しゃべらないでしょうね、他人には。しゃべったとするなら、それこそ共犯相手くらいではないかと」

　共犯は、高莉莉本人を入れて、病児、司馬雨春、そして金子を援助していた呂美人の四人だ。

「まさか、五人目がいたとでも言う気か？」

「いいえ。まず、もし高莉莉が報酬の隠し場所をしゃべったとするなら、私は司馬雨春にではないかと思うのです。あの事件のとき、高莉莉は司馬雨春を慕っていたようでしたから。あるいは、司馬雨春が報酬の隠し場所を指示した可能性もあるでしょう。問題は、司馬雨春は男であったということです」

　呂美人の恋人でありながら、李美人を妊娠させた男だ。

　ほかにねんごろであった女がいないと、どうして言えようか。

　司馬雨春と深い仲の女、もしそれが存在したなら、その者は枕話として高莉莉の財産の話を知ることができたかもしれない。

　疑念を口にすると、点青は甘蔗を落とし、几を打って膝立ちになった。

「火災か！　まさか放火の件につながっている⁉」

　おそらく、と延明はうなずいた。

「不貞が露見すれば身の破滅です。その何者かは、雨春が余計なことをしゃべるまえに口を封じねばならなかったでしょう。なおいうならば、李美人殺しに関わる内容を話せるほどの相手です。犯罪じみたつながりがあったとも推察できます」

「冶葛か」

点青がつぶやいた。延明もうなずく。

司馬雨春と深く黒いつながりがあるとするなら、もっとも危惧しなければならないのは、冶葛の譲渡だ。雨春はかの猛毒を後宮に持ち込むことに成功している。

「確証はありませんが、可能性は払拭できません。警戒が必要です」

点青は几を蹴飛ばす勢いで立ちあがった。

「娘娘に伝えに行く。もっと徹底した警備と嘗試が必要だ」

延明は「たのみます」と、駆けるように出て行く背に声をかけた。


中宮から帰ったあとは、いつものごとく激務がつづいた。

日が傾けば、官庁街である皇城で働く官吏たちはすっかり仕事を終え、酒を飲みはじめる頃合いである。だが延明は宦官となり内廷入りして以来、明るいうちに終業できたためしがない。どころか掖廷令となってからは、日没前に夕餉をとれたことすらなかった。

延明はこの日も燭台で几を照らしながら遅くまで決裁を片づけ、ようやく官舎にたどりついた。華允も同様だ。よくがんばった、と点青の室から勝手に持ってきた甘蔗をあたえ、筆記もできる雑用係の業務も終了させる。

童子が沸かしていた湯で身体を清潔にし、着がえて向かったさきは織室だった。

織室本署の書房を秘密裏に訪うと、手配どおりにそこで待っている人物がいた。桃花だ。几に突っ伏してすっかり眠りこけている。

起こすか起こすまいか、すこし迷った。

悪夢ではなく気持ちよく眠っているようであるし、現実逃避とはいえ、桃花が睡眠をこよなく愛していることは知っている。

とりあえず足音を忍ばせて、桃花の向かいに腰をおろした。

――本当に、気持ちよさそうに寝ているな。

だらしなく口を半開きにし、涎がたれている。そこさえ見なければ愛らしい寝姿であるのだが、台無しだ。

「桃花さん、起きてください」

結局、あまりにも起きる気配が皆無なので、肩をゆすることにした。のんびりするほどの時間はない。

桃花は目を閉じたまま起きあがる。その口に、目覚ましの黄糖をつっこんでやった。

「……延明さま。夜は眠る時間ですわ」

「この時間はまだあなたの友人たちも起きているでしょう。寝るには早い」

　言い終えるまえに目を閉じようとするので、延明は手にしていた黄糖の包みを几に開いた。どうぞというと、すかさず桃花は礼を言って巾を取りだし、半分を包む。そうなると思ったので、もうひとつ包みを持ってきていた。

「食べているあいだでよいですから、つきあってください」

「……なににでしょう？」

　表情の八割くらいが面倒臭いと告げていたが、いつものことだ。

「それは講師代です。もっと早くに学びにきたかったのですが、ずるずると遅くなってしまいました。曹絲葉の検屍のとき、死後の時間経過を知るならば硬直の具合を見たほうがよい、という話をしたでしょう？　ぜひ、その詳細を教えていただきたく」

　言って、書房に置かれた硯などを拝借した。

　墨をすっていると、桃花はふしぎそうに首を傾ける。

「まさか、今夜はそれを尋ねるためにわざわざいらっしゃったのでしょうか」

「いけませんか」

「いけなくはありませんけれども……。たしか以前も、自縊死についての検屍方法を熱心に書きつけていらっしゃったように記憶しています。延明さまは、もしや検屍にとてもご興味が？」

「ご興味というわけではありませんが、掖廷の検屍官にない知識はすべて書きのこそうと、そう考えています」

　桃花は目を瞬き、なぜと問う。

　延明はやや逡巡してから、「いずれはまとめて冊書にしたい」と正直に答えた。検屍官でもない、ただの一宦官である延明が口にするには荷が勝ちすぎていて、恥ずかしい。が、相手が桃花であるからこそ、きいてほしいとも思った。

「この宮廷から失われた検屍の技術とは、まことに多いようです。まずはそれを復古させねばなりません」

「まずは？」

「まずはこの国の中心である、宮廷から」

「から……」

「ええ。はじめてあなたに検屍を依頼したときのこと、覚えているでしょうか。もし、あのとき桃花さんがいなかったならと思うと、私はいまでも恐ろしい」

　春のことだ。恩人である甘甘が殺しの罪に問われ、梟首の危機に瀕していた。掖廷官たちは甘甘を救いたいと願っていながら、そのすべを持っていなかった。延明もそうだ。

「どれほど無実であっても、一度刑罰が下されてしまえば取り返しがつきません。斬り落とされた首はくっつかず、欠けた体はもとにはもどらぬのです」

延明は、のどにせり上がってくる固く冷たい感情の塊をのみこんだ。おのれに下された刑罰が脳裏をよぎる。まぶたが震えるのを、まっすぐに桃花を見つめることでこらえた。

「……あなたは言いましたね。検屍とは、罪なき虜囚をすくうすべであると。すなわち無冤術であるのだと。ええ、まさにそのとおりです。殺しでの冤罪とは、あやまった検屍からはじまります。救うすべはやはり、正しい検屍をおいてほかにない」

桃花は、ただじっとなにかを推し量るように延明の目を見つめていた。

「ただ、無冤術は宮廷だけにあったのでは意味がありません。死罪か否かが住む場所によって左右されてはならず、運で左右されてはなりません。派遣される検屍官に不正が許されてもなりません。のぞむらくはこの国のおよぶかぎり正しく等しく――私はそう考えています」

「……以前におっしゃっていた、内廷を出て為したいことというのは、まさか」

延明は肯定する代わりに、ぎこちなく微笑んだ。

大きすぎる目標であることは百も承知している。しかも、延明は宦官だ。身分こそ回復はしたが、だれもが延明を欠けた者として蔑みの目で見る。この身体は物笑いの種で、道のりは困難を極めるだろう。

それでも、どれほど時間をかけたとしても、成し遂げなくてはならない。

おそらくそのためにこそ、延明はこうしてたったひとり生きながらえたのだ。

「…………」

桃花は意見を述べるでもなく、いつまでも凝視している。だんだんと気恥ずかしくなってきたころ、ようやく視線がゆるんだ。

「……延明さまは、ほんとうにまえに進んでいらっしゃるのですね」

そう、こぼすようにつぶやいた桃花の表情はどこか翳りを帯びていて、延明は戸惑った。

「桃花さん？」

「いえ……なんでもありません。わたくしでよろしければ、ご協力をさせていただきます。あくまで迷惑でない範囲で、ですけれども」

最後の注釈はいかにも桃花らしい。さきほどの表情は気のせいだったのかと思い直し、「心得ていますよ」と延明は笑った。

「ではさっそくですけれども、死体の死後変化とその時間について説明をさせていただいてもよろしいでしょうか。ただし、あくまでも参考までですので、絶対のものとはお考えにならないでいただきたいのですけれども」

桃花は黄糖をつまみながら言う。

延明がどうぞ頼むと言うと、ゆっくり、噛み砕くようにしてそれらを教授してくれた。延明はひとつひとつ間違いのないよう、正確に木簡に書き留める。わからないことはなんども説明を求めたが、そのたびに桃花はいやな顔ひとつせずに、延明にもわかるように解説をしてくれた。

ひととおり記録を終えると、延明は書きつけを読み返しながら「難しいですね」とあごをさすった。

「死亡時刻を逆算して割り出せるような表でもつくれればと思ったのですが、季節や環境など、さまざまな要因でまったく異なる結果になってしまうとは」

「ええ、水に浸かっていたか否か、日が当たっていたか否か、または着衣の有無、そういったもので容易に死後変化は早まったり遅まったりをいたします。ですので、それだけで死亡した時刻を割り出すのはむずかしいと考えていただいてよいと思います」

「なるほど。はじめたばかりですが、簡単な道のりではありませんね」

延明は疲れをほぐすように目もとを揉んだ。

「先日の井戸から発見された死体ですが、あれももうすこし死亡時刻が特定できるとよいと思ったのですが」

浪浪が死んだのは、同僚らに最後の姿を目撃された朝から、倉をつかっていた女官によって血痕が目撃された大還のころ（午後三時ごろ）のあいだである。

凶器は血痕がみつかった倉にあった、漬け甕の重石だ。

怨（うら）みをかっていたという情報もないことから、おそらくあの場所にて、なにか突発的な凶行が起きたのだと思われる。だが、とにかく最後の目撃から血痕の目撃まで四時（八時間）ほどもあり、その間に三区を出入りできた人物をあげたらきりがない。

容疑者をまったく特定できない状況でいるのだ。

延明がそれらを説明すると、桃花は「死亡時刻ですか」と、ことりと小首をかしげて見せた――かと思うや、とんでもないことを言いだした。

「わたくし、聴取すべき人間は、すでにたったひとりにしぼられていると思うのですけれども」

こんどは延明がまじまじと桃花を見る番だった。

「聴取すべき、とは、まさか犯人の特定を？」

「だと思いますわ」

延明はごくりと唾（つば）を飲む。

「きかせてください」

「妙だな、とはずっと思っておりました。検屍をさせていただいたときに、延明さまからあのお話をきいたときから」

「私の話？」

「そうです。記憶をさかのぼり、よく順を追ってお考えになってくださいませ。延明さまも必ずやおかしいと気がつくはずですわ。だって、起こるはずがないことが起きているのですもの」

では、なぜそれが起きたのか。

犯人による偽装であったから、と考えるのが妥当ではないかと桃花は言った。

＊＊＊

ぽつぽつと瓦を打つ音がきこえていたと思ったら、いつのまにか、地面の泥をはねあげるほどのざんざん降りとなっていた。

掖廷本署の中堂、その入り口に立ち、真っ暗闇で降りつづく雨をながめる。

夜の雨は嫌いではないが、今宵はずいぶんと激しい。童子が戸のまえに脱いである延明の履が濡れないよう、布で包んで移動させた。

燭台で明るく照らされた堂内をふり返れば、華允が几に突っ伏して眠っていた。

延明が寝ていないぶん、華允もまた寝不足なのだ。成長に睡眠が必要な時期であるのに、悪いことをしていると思う。あすは一日洗沐をやろうか、そう考えて、それではだめだとも気がついた。延明が休まねば、休まぬだろう。華允を休ませるにはまず、延明自身も休まねばならないのだ。

——では、無理か。

延明にひろってもらえてよかったなどと言ってくれたことを思えば、罪悪感がつのる。しかしやることは山積していて、延明がぬけるわけにはいかない。

——今夜はこんな時間に捕り物となってしまったしな。

獄吏たちも困惑しているだろう。だが、朝まで待つ気にはなれなかった。こういうところは融通が利かなくてよくないと、自分でも思う。子どものころから父にも言われていたことだ。

じっと院子をながめていると、けぶるほどの雨を駆けてくる人影があらわれる。袍を雨具代わりに頭から被った公孫だ。

「申しあげます」

公孫は履を脱いで上がるなり、拱手した。延明の童子が濡れた袍を受けとり、乾いた布帛をさしだす。まずは体をふくよう、視線でうながした。

「媚娘という女官ですが、自供いたしました」

ざっと雨でぬれた体を拭きとると、公孫はそう報告した。

媚娘——曹絲葉の墜落死体を発見した者のひとり、五区の夜警女官だ。

「事件当日、高莉莉の隠し財産があるという話をきき、出歩く者が減る午睡の時間をねらって、三区へと忍びこんだとのことです。そこでふと倉をのぞいたところ、浪浪が屈んでいるうしろ姿があった、と」

わきには鋤が立てかけられており、浪浪は屈んで地面から銭をひろいあげているようだった。

「隠し財産だ、と直感したとのこと。媚娘は強奪しようと忍び寄り、近くにあった重石にて、浪浪の後頭部を殴打したそうです」

殺すつもりはなかった、と媚娘は強く主張しているという。

だが、浪浪はまえのめりに倒れ、動かなくなった。狼狽しながらもお宝を奪おうとしたが、浪浪がひろっていたのはなんてことはない、おのれが落とした数枚の銭に過ぎなかった。

「怖くなって逃げ、血のついた石はその途次で捨てたそうです。しかしその後、死体発見の騒ぎがないのを好機と思い、第一発見者を装い、容疑者から外れようと企んだ、と言うのが顛末であるようです」

「だから、きこえもしない音をきこえたと、そう騒いだわけですね」

どさっというような重い音がきこえた――。

媚娘が夜警の際にしていた主張だ。

不審な物音をきき、他人といっしょに死体を発見することで、自分は無関係だと思わせようとしたのだ。物音がしたときには媚娘はほかの夜警女官や宦官とともにいたのだから、犯人ではないのだと、そういう体裁をととのえようと企んだ。

「ところが、たまたま近くに遺棄されていた曹絲葉の死体を発見することになり、しかも浪浪は気絶していただけで死んでいなかったことから移動し、井戸に転落、発見までに数日を要してしまった」

「しかし掖廷令、媚娘がきいた物音が出まかせであると、よく気がつかれましたな。自分など、すっかり曹絲葉を遺棄する際の物音であると思いこんでおりました」

「私ではなく、桃李ですよ」

『わたくしが梅婕妤さまでしたら、絲葉さまの死体を遺棄するのに、夜警がまわる時間など、ぜったいに選びません』

　桃花ははっきりと言いきった。

　目から鱗が落ちたというべきか、たしかにそのとおりだった。しかも、夜警には梅婕妤の動きを注視しているはずの中宮宦官も交じっている。わざわざ目撃される恐れのある時間を選ぶはずがない。遺棄されたのは、もっとちがう時間帯であったはずだ。

　だから桃花は、曹絲葉の検屍をした際に延明が言った「遺棄の音」という話をずっとふしぎに思っていたのだ。

　そうしてあのとき、延明が浪浪の死亡時刻について朝から大還（午後三時ごろ）のころであると説明したので、確信にいたったというわけだ。夜警の時間に、浪浪が倒れる音や井戸に落水した音もまた、きこえるはずがない。

きこえるはずのない〝重い音〟をきこえたと言い、しかもそれが発見者のうちたったひとりであることから、桃花は媚娘をあやしいと踏んだわけだ。

「これでようやく解決ですね。この天気のなか、遅くに御苦労でした」

さいわい、公孫はあしたから洗沐だ。ゆっくり休むよう言い、帰る背を見送った。

「華允も起きなさい。寝ますよ」

墨で汚れた顔をふいてやり、寝ぼける手を引いて官舎にもどる。

今夜も蒸すが、ひさしぶりによく眠れそうだった。

＊＊＊

才里は、その腕の良さを見込まれて、あらたに導入された高楼型の大型綾織り機を任されることとなった。大花楼提花機というのだという。

もともと五人で使う房を三人で使っており、ひろさに余裕があるのも理由のひとつとのことだ。

運びこまれ、組み立てられた機を見あげて、桃花たち三人は感嘆した。背丈よりも高い。従来の機よりも、より複雑な文様を織りあげることができるという。

「すごいじゃないか」

紅子が才里の背を叩く。けれど才里は複雑な表情だった。

「言っとくけど、あたし織工として大成したいわけじゃないのよ」

たしかにそうだ。

「機織りがお好きな側室さまが現れたなら、才里をいちばんに侍女として選んでくださることと思いますわ」

「そんな側室いつあらわれるってのよ。もう、あくびしながら適当なこと言って。あたしが得意なのは楽舞なんだからね」

才里はつんとすまして、軽やかに舞ってみせる。水鳥のような優雅な舞いだ。紅子と桃花とで手をたたいて拍子をとっていると、そこへあの連絡係りがあらわれた。

いかにも老練といった風情の婢女をつれているが、機の使い方を指導する者だという。

「はじめは補助の者も必要ですので、こちらに」

おなじく指導を受けるようにうながされたのは紅子だ。桃花には、分解された古い機の一部を手渡される。こちらの片づけを手伝えということのようだ。数人の宦官も加わり、使わなくなった機を運びだす。

運搬先は倉だった。雨上がりの朝は気持ちがよい。すこしうとうとしながら歩いて

いるうちに追いぬかれ、入るときには最後尾になり、ようやく荷をおろしたときには
すでにだれもいない。

かと思えば、奥からいつもの人影が現れ、またかとあきれた。

「延明さま、まだ朝なのですけれども」

検屍であれば連れ出されるはずである。そうでないのだからべつの用件だが、そう
いったものは人目につきにくい夜にお願いしたい。もっと願うならば、夜は夜でゆっ
くり寝かせてほしいと思う。

「そのような顔をせずとも、すぐに帰りますよ」

「大した用件でないのでしたら、そもそもいらっしゃらずともよろしいと思うのです
けれども」

「そういうことを言いますか……」

延明は額に手をあて、軽くうなだれた。

「……桃花さん、思い切って訊きますが、私のことがお嫌いですか?」

「ふつうですわ」

好き嫌いをいうなら才里のことは好きだ。

延明はそうですよね、と自嘲めいた笑みを浮かべる。

「嫌われたのではと案じて会いにきたのですが、それ以前の空気のような存在でした」

「そこまでは言っておりませんけれども。その、嫌われたのでは、とは？」

「昨夜のことですよ」

延明がなにをさして言っているのかわからない。

困惑がつたわったのか、延明もまた戸惑いの表情を浮かべる。

「私が無冤術の制度をととのえたいと話をしたとき、暗い表情をしたでしょう？　あのときは気のせいかとも思ったのですが、結局寝るころになって思い出しまして、いやな思いをさせたのでは、と」

気になってなかなか寝つけなかったのだという。たしかに、目の下にくまが見える。

「検屍に誇りを持つ桃花さんですから、私のような門外漢がえらそうに目標を掲げて、不愉快だったかもしれないと思いました」

どこか消沈したように言うので、桃花は申しわけない思いに駆られた。

「ちがうのです、延明さま。あれは延明さまではなく、わたくしに問題があるのです」

「？」

「まえに進みはじめている延明さまにくらべて、わたくしはなんて受動的で、なさけないのだろう、と。自己嫌悪というやつですわ」

言いながら壁にもたれて座ると、延明はどこか信じがたいといった顔で、その脇に腰をおろす。

「桃花さんでもそんなふうに思い惑うことがあるのですか……？」

「延明さまは、わたくしをなんだと思っているのでしょう」

「いえ、なんと言いますか、いつも動じないというか、どこか超然としている雰囲気なもので」

「えらそうなことを言うただの小娘ですわ。現実逃避の常習犯でもあります」

「自分でおっしゃる」

「言ってみました」

そうしたら、どこか緊張が解けたというか、凝り固まっていた力がぬけたように思う。桃花は膝をたてて、そこにちょこんとあごをのせた。

「わたくし、つねづね思うのです。男に生まれていれば、と。男子でしたら筋骨隆々に鍛えることもでき、父を返り討ちにしてやることもできたかもしれません」

男子であれば売られることもなかったろう。

母も肩身の狭い思いをせずに済んだ。

「なにより、男子であれば検屍官になれたのです。女では、後宮をなんとか逃れ得たとしても官職を賜ることはできません。検屍官の妻になることはできても、検屍官そのものになることはできないのですわ」

桃花は才里が言うように、まさにひとの手がないと生きていけない蚕とおなじだ。

だれかに後宮から出してもらい、どこかの検屍官に秘密裏に現場へと連れて行ってもらわねば、なにもできない。ずっと受け身の人生だ。

祖父のように立派な検屍官になることはおろか、結局、何者にもなれはしない。

桃花は、ぎゅっと膝を強く抱き寄せた。

そのまま顔をうずめようとしたところで、隣からふっと小さく笑う声がきこえて、顔をあげる。

「延明さま？」

「すみません。ほんとうに桃花さんでもそのような顔をするのかと思うと、うれしくて」

「そのような顔とは」

それに、うれしいとはどういうことか。桃花が胡乱な目を向けると、延明は咳払いをひとつする。

もう笑ってはいないが、穏やかでやさしい目だった。

「ところで、桃花さん。官職とははたして必要でしょうか？　形ばかりの官職を得、職務を放りだしている者などいくらでもいるとは思いませんか？」

問われ、こくりとうなずく。父から金銭を受け取り、職務を放棄したあの検屍官を生涯ゆるすことはないだろう。

「それよりも、官職を得ずともその知識と技術で死体と向きあっているあなたのほうが、よほど立派です」

「わたくしですか？」

思いもしない言葉に、瞠目した。

「ええ。あなたが男子であったなら？　そんな仮定は困ります。男子では後宮には入れません。この後宮には、あなたが女性であったからこそ救われた者たちがいるではないですか」

「それは……」

「私は、桃花さんが女性でよかったと、心からそう思っています。私もまた、この閉じられた場所で救われた者のひとりなのですよ」

延明をまえへと進ませてくれたのは、桃花だ。そう言って延明は居住いをただし、拱手する。

「官職などなくとも、あなたは間違いなく検屍官ですよ。誇り高き、後宮の検屍女官です」

視界がゆれた。知らず、目のふちに涙が溜まっていた。

「どうか、私とともに後宮から冤罪をなくし、世から無実の肉刑をうける者がなくなるよう、あなたと、あなたの祖父君の力を貸してはいただけませんか？」

「わたくしの、祖父の……力？」

くちびるが震えた。

祖父の無冤術が、この国で活きる——？

「ええ。あなたに無冤術を授けてくれた検屍官に、私は心からの敬意と感謝をささげます」

ぽとりと、涙がこぼれた。そのしずくとともに、なにか大きな肩の荷が下りたような、そんな感覚があった。

濡れた桃花の頬をぬぐおうと、延明が指をのばす。桃花はそれをのけ、身体の向きを変えて延明に向きあった。

「どうぞ、よろしくお願いいたします」

桃花も顔のまえで両の手を重ね、延明に対して拱手する。

延明はやわらかく笑んだ。それから立ち上がり、こんどは右手を差しだす。

すこしためらいながら、桃花はその手を取った。

いつもは凍えるほどに冷たかった延明の手が、このときはとても温かかった。

寵妃梅婕妤への巫蠱を用いての呪殺。
その咎により皇后許氏投獄。
大長秋丞点青、および掖廷令延明も同罪にて投獄。
大光帝国に激震が走ったのは、それからひと月も経たぬうちのことだった。

【主な参考文献】

『中国人の死体観察学　「洗冤集録」の世界』宋 慈・西丸與一（監修）・徳田 隆（訳）／雄山閣出版
『毒殺』上野正彦／角川書店
『死体検死医』上野正彦／角川文庫
『法医学事件簿　死体はすべて知っている』上野正彦／中公新書ラクレ
『宦官　側近政治の構造』三田村泰助／中公新書
『宦官　中国四千年を操った異形の集団』顧 蓉・葛 金芳・尾鷲卓彦（訳）／徳間書店
『検死ハンドブック』高津光洋／南山堂
『新訂　死体の視かた』渡辺博司・齋藤一之／東京法令出版

本書は書き下ろしです。
この物語はフィクションであり、実在の地名・人物・団体等とは一切関係ありません。

後宮(こうきゅう)の検屍女官(けんしにょかん)3

小野(おの)はるか

令和4年 5月25日　初版発行
令和4年 6月15日　再版発行

発行者●青柳昌行

発行●株式会社KADOKAWA
〒102-8177　東京都千代田区富士見2-13-3
電話　0570-002-301（ナビダイヤル）

角川文庫 23189

印刷所●株式会社暁印刷
製本所●本間製本株式会社

表紙画●和田三造



●お問い合わせ
https://www.kadokawa.co.jp/（「お問い合わせ」へお進みください）
※内容によっては、お答えできない場合があります。
※サポートは日本国内のみとさせていただきます。
※Japanese text only


ISBN 978-4-04-112491-8　C0193

◇◇◇

# 角川文庫発刊に際して

角川源義

第二次世界大戦の敗北は、軍事力の敗北であった以上に、私たちの若い文化力の敗退であった。私たちの文化が戦争に対して如何に無力であり、単なるあだ花に過ぎなかったかを、私たちは身を以て体験し痛感した。西洋近代文化の摂取にとって、明治以後八十年の歳月は決して短かすぎたとは言えない。にもかかわらず、近代文化の伝統を確立し、自由な批判と柔軟な良識に富む文化層として自らを形成することに私たちは失敗して来た。そしてこれは、各層への文化の普及滲透を任務とする出版人の責任でもあった。

一九四五年以来、私たちは再び振出しに戻り、第一歩から踏み出すことを余儀なくされた。これは大きな不幸ではあるが、反面、これまでの混沌・未熟・歪曲の中にあった我が国の文化に秩序と確たる基礎を齎らすためには絶好の機会でもある。角川書店は、このような祖国の文化的危機にあたり、微力をも顧みず再建の礎石たるべき抱負と決意とをもって出発したが、ここに創立以来の念願を果すべく角川文庫を発刊する。これまで刊行されたあらゆる全集叢書文庫類の長所と短所とを検討し、古今東西の不朽の典籍を、良心的編集のもとに、廉価に、そして書架にふさわしい美本として、多くのひとびとに提供しようとする。しかし私たちは徒らに百科全書的な知識のジレッタントを作ることを目的とせず、あくまで祖国の文化に秩序と再建への道を示し、この文庫を角川書店の栄ある事業として、今後永久に継続発展せしめ、学芸と教養との殿堂として大成せんことを期したい。多くの読書子の愛情ある忠言と支持とによって、この希望と抱負とを完遂せしめられんことを願う。

一九四九年五月三日

ISBN 978-4-04-111240-3